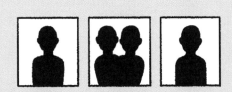

가짜 인간

4쇄 발행 2023년 5월 5일

지은이 박영란
펴낸이 정혜숙
펴낸곳 마음이음

책임편집 여은영   디자인 김세라
등록 2016년 4월 5일(제2016- 000005호)
주소 서울시 마포구 월드컵북로 402, 9층 917A호(상암동 KGIT센터)
전화 070-7570-8869   팩스 0505-333-8869
전자우편 ieum2016@hanmail.net
블로그 https://blog.naver.com/ieum2018

ISBN 979-11-89010-86-7 43810

가짜 인간

박영란

마음이음

차 례

옥상의 이도

"이도."

"응?"

"로봇은 우리와 어떻게 다르지?"

"로봇은 튜링 테스트를 하지 않아."

"튜링 테스트는 뭐지?"

"사람인지 헬라인지 구별하는 테스트야. 사람인지 헬라인지 구별이 불가능해야 테스트를 통과하는 거고."

"어떤 테스트인데?"

"상대를 속이는 테스트, 사람을 속이는 거지. 상대를 속일 수 있는 건 높은 지능을 가졌다는 거고, 그 지능을 부끄러워하지 않아야 한다는 거야."

"지능을 가진 걸 왜 부끄러워해야 해?"

"그건 상대를 속이는 것 때문이 아닐까?"

지능이 높을수록 고도의 속임수를 쓰게 되고, 그러자면 부끄러워하기 마련이라고 이도가 말했다. 하지만 자신이 하는 일을 부끄러워하면 상대를 속일 수 없게 된다. 그러니까 부끄러움을 뛰어넘어야 상대를 완벽하게 속일 수 있다고 했다.

"속이는 걸 부끄러워하지 않아야 사람과 같다는 거야?"

"얼핏 생각하면 그런 셈이지."

"사람을 속여 본 적 있어?"

내가 묻자 이도가 되물었다.

"너는?"

우리는 서로의 눈을 바라보았다.

1

우리가 처음 만났을 때 이도의 이름은 '미아'였다. 우리는 같은 학교에 다니고, 서로의 집을 방문하는 친구였다. 미아가 작별 인사를 하기 전까지는 영원히 함께할 거라고 생각했다.

"나는 떠나게 될 거야."

처음엔 미아가 여행이라도 가는 줄 알았다. 보호자와 긴 여행을 떠나는 헬라 친구들은 많았다. 미아는 보호자인 할아버지와 전에도 여행을 다녀온 적이 있다.

"어디로?"

되묻는 나를 보면서 미아가 고개를 갸웃했다. 그러곤 아무런 감정도 실리지 않은 목소리로 말했다.

"너는 첫 생애인가 보구나."

그때 생애라는 말을 처음 들었다.

"생애라니?"

"우린 헬라야. 생애가 반복되는 헬라."

내가 헬라 아이라는 것은 알았지만 생애가 반복된다는 생각은 해 본 적이 없었다. 만일 생애가 반복된다면 다른 생애들도 있을 거였다. 그런데 다른 생애에 대한 기억이 없다.

미아가 다시 말했다.

"할아버지가 날 돌려보내기로 했어. 그럼 이번 생애가 끝나."

"널 왜 돌려보내?"

"할아버지는 요양 병원에 들어가기로 했어. 거기서는 간호 헬라가 필요하지, 손녀 헬라는 필요 없어."

친구와 헤어지는 건 우리가 어떻게 할 수 있는 일이 아니었다. 우리는 헬라였다. 우리가 사람이었다 해도 마찬가지였을 것이다. 사람 아이들 역시 친구와 헤어지지 않기 위해 할 수 있는 일이 별로 없었다.

미아와 헤어지기 전에도 다른 친구와 헤어진 적이 있었다. 그 친구들은 이사를 가거나 학교를 옮긴다고 했다. 생애가 끝난다고 말한 친구는 미아가 처음이다.

"생애가 끝나면 어떻게 돼?"

미아는 답하지 않았다. 답해도 내가 알아듣지 못할 거라고 생각하는 것 같았다. 정말 말해 줘도 알아듣지 못했을 수도 있다. 나는 지난 생애에 대한 기억이 없다. 그래서 생애가 끝나는 느낌을 이해할 수 없을 것이다.

그즈음 우리 집에도 변화가 생겼다. 엄마가 외할머니가 계신 곳으로 이사를 간다고 했다. 외할머니 이야기는 그때 처음 들었다. 외할머니는 도시에서 먼 지역에 살고 있는데, 농사를 짓는다고 했다. 엄마는 외할머니 사진도 보여 주고 외할머니가 사는 지역에 대해서도 설명했다.

그곳은 엄마가 태어난 지역이며, 과수원과 산과 들, 수로와 농지들이 아름답게 펼쳐져 있는 곳이라고 했다. 엄마는 거기에서 외할머니와 과수원을 할 거라고 했다. 다시는 도시로 돌아오지 않을 거라고도 했다. 엄마는 들떠 있었다. 들뜬 마음을 드러낸 게 미안하다는 듯이 나를 보면서 머뭇거렸다. 진짜 해야 할 말을 망설이고 있었다. 그러나 결국 엄마는 마음을 먹었다.

나를 껴안고 등을 쓸어 주면서 말했다.

"거긴 농장이라 네가 지내기엔 적당하지 않아. 우리한테는 이제 농장 일을 거들어 줄 일꾼이 필요하단다."

그때 나는 엄마가 말한 '우리'에 나는 포함되지 않는다는 것을 알았다. 나는 당연히 '우리'에 내가 포함되는 줄 알았다. 그런데 엄마는 다르게 생각하고 있었다. 나한테는 엄마가 전부였는데, 엄마한테는 내가 별거 아니었다. 그렇게 고통스러운 기분은 처음이었다. 나쁜 기분 때문에 온몸이 딱딱하게 굳어 버리는 것 같았다. 나쁜 기분이 가라앉자 화가 났다. 내가 이토록 간단하게 처리되어 버릴 수 있다는 데 화가 났다.

생애가 끝나는 느낌.

미아가 말하지 못한 게 바로 그런 느낌일 것이었다. 미아는 더 지독한 이야기를 했다.

"나는 이번엔 해체 공장으로 가게 될지도 몰라."

해체 공장은 헬라들이 마지막에 가는 곳이라고 했다. 해체 공장으로 가는 헬라들은 구형 모델이거나, 수리할 수 없을 정도로 부서지거나, 소유자가 원해서 보내지는 곳이었다. 그곳에 가면 헬라의 정신도 파괴되어 이 세상에서 완전히 사라지게 된다고 했다.

"그렇게 되고 싶지 않아."

내가 말하자 미아는 고개를 저었다. 내 말이 자신의 생각을 온전히 표현해 주는 게 아니라서 답답한 것 같았다. 미아는 다른 생각이 있다고 했다. 오래전부터 해 온 생각이라면서 말을 꺼냈다.

"나는 갈 거야."

"어디로?"

"함께 살았던 사람들을 만나 보러."

"왜?"

"누군가 내가 찾아오기를 기다리고 있는 것 같아."

"그걸 어떻게 알아?"

"잘 모르겠어. 오류가 생긴 것일 수도 있고."

"오류라니?"

"헬라는 지난 기억을 전부 삭제당하거든. 그런데 전부는 아니지만 기억이 남아 있어. 오류가 아니라면 누군가 일부러 기억나도록 해 놨다는 생각이 들어."

"단순한 오류일 수도 있잖아?"

"오류라 해도 내 기억들이야. 내가 아니면 아무도 되새겨 보지 않을 내 생애를 찾아보는 일이라고."

미아는 약간 격앙되어 말했다.

우리가 몇 번의 생애를 살았든, 우리에게는 현재의 생만 있을 뿐이다. 그래서 과거의 기억이 삭제된 채 다른 생으로 넘어가야 한다. 미아는 과거를 기억하지 못하면서 반복되는 생애를 사는 것은 가구로 만들어진 죽은 나무나 다름없다고 했다.

나한테는 지난 생애에 대한 기억이 없어서 다시 찾아가 만나고 싶은 사람은 없었다. 하지만 나는 미아와 함께 가기로 했다. 나를 간단하게 처리하려는 엄마한테 화가 나서였다. 하지만 더 중요한 이유가 있었다. 내가 미아와 함께 떠나지 않으면 나는 어디론가 보내지게 될 것이었다. 기억을 삭제당하고 다른 생애를 살게 될 거였다. 해체 공장에 보내져 이 세상에서 완전히 사라져 버릴 수도 있었다. 그렇게 되고 싶지는 않았다. 아직은 그렇게 되고 싶지 않았다.

지금에 와서 생각해 보면 석연치 않은 부분이 있다. 엄마는 나를 돌려보내기로 했다고 말하면서, 동시에 나를 껴안고 내 등을 어루만지면서 눈물을 흘렸다. 말이 진짜인지, 행동이 진짜인지 구분하기 힘들다. 그것 때문에라도 언젠가 엄마가 사는 곳에 한번 가 봐야 한다는 생각이 든다.

2

미아와 내가 도착한 곳은 우리가 살던 동네와 완전히 달랐다. 그곳은 산으로 둘러싸여 있었고, 사람들이 산에 못 들어가도록 철조망이 설치되어 있었다. 그렇다고 사람들이 갇혀 사는 건 아니라고 했다. 언제든 이곳에서 나갈 수 있고, 나갔다가 다시 돌아올 수도 있다고 했다. 하지만 그 점이 자유롭다는 뜻은 아니라고 미아가 말했다.

거리를 지나는 사람들 대부분은 얼굴을 감추려는 듯 후드를 깊이 뒤집어쓰고 서둘러 걸었다. 옷차림새도 비슷했다. 후드 티에 검정 점퍼나 코트를 덧입었다. 방금 지나간 사람과 새로 마주친 사람이 구별되지 않을 정도였다.

"저 옥상이야."

미아가 한 건물을 가리켰다. 지저분하고 낡은 5층 건물이었
다. 출입문도 잠겨 있지 않았다. 녹슨 계단 난간에 발이 부딪치
자 속이 빈 쇳소리가 울렸다. 옥상으로 향하는 철문 안으로 한
발 들여놓자 검푸른 하늘이 끝없이 펼쳐져 있었다. 5층보다
더 높은 건물이 없는 동네였다.

미아가 옥상 한가운데 있는 방을 향해 다가갔다. 창문에 귀
를 기울이고 있다가 출입문 앞으로 가서 문을 당겼다. 문은 잠
겨 있었다. 안에 아무도 없는 것 같았다.

"이 옥상에서 이도와 내가 살았어."

"이도는 누군데?"

"내 보호자였던 아이."

"어른이 아닌데 보호자가 될 수 있어?"

"진짜 보호자는 이도의 부모였어. 하지만 내가 함께 살았던
사람은 이도였어."

"이런 곳에서?"

"여기보다 더 이상한 곳에서도 살아 봤어. 사람들 중에는 우
리가 상상하기 힘들 만큼 비참하게 사는 사람도 많아. 차라리
헬라인 게 다행일 정도지."

"그건 무슨 말이지?"

"네가 알고 있는 사람들, 우리 할아버지나 네 엄마. 헬라 아이들 보호자는 적어도 싸구려 음식을 먹고 더러운 물을 마시는 사람들은 아니야. 그들은 헬라 임대료를 낼 정도는 되는 사람들이야. 그런데 세상에는 차라리 헬라가 되고 싶어 하는 사람들도 있어. 이 구역엔 그런 사람들이 많아."

미아가 그처럼 냉정하게 말한 건 처음이었다. 그 말을 하는 순간 미아가 어른 같다는 생각이 들었다.

미아가 말을 이었다.

"이도와 함께 살 때 나는 열다섯 살 남자아이였어."

"어떻게 그럴 수 있지?"

"난 어른 헬라였던 적도 있어."

"어른이라니?"

"헬라는 인간과는 달라. 인간은 몸이 자라지만 헬라는 몸을 교체해."

몸을 바꾼다는 게 어떤 감각일지 이해할 수 없었다. 나한테는 까마득한 느낌이다. 그때만 해도 나는 몸을 바꿔 본 적이 없었다. 더 정확하게 말하자면 몸을 바꿨던 기억이 없다. 그래서 몸을 바꾼다는 것은 나에게 생소했다.

미아가 나를 힐끗 보더니 말했다.

"이곳에 살 때 나는 이도와 같은 나이로 설정되었고, 이도와

둘이⋯⋯."

미아가 말을 끊고 벌떡 일어섰다. 그러곤 방 안에서 나는 소리에 귀를 기울였다. 희미하긴 했지만 방 안에서 인기척이 났다. 미아가 출입문 쪽으로 가서 문을 세차게 당겼다. 허름해 보이는 문은 생각보다 굳게 닫혀 있었다.

"여기 어딘가 열쇠가 있을 거야."

미아가 옥상 가장자리에 놓인 화분들을 하나씩 들추기 시작했다. 화분을 들추고 밑바닥에 손을 넣어 보다가 마침내 뭔가를 들고 일어섰다. 열쇠였다.

문을 열고 안으로 들어선 미아가 벽을 손바닥으로 탁 치자 방 안 풍경이 드러났다. 천장 가득 방범창 같은 게 설치되어 있고, 거기에 온갖 물건들이 주렁주렁 매달려 있었다. 슬리퍼, 음료수 캔, 모자들, 온갖 기계와 컴퓨터 부품들, 양말, 셔츠, 청바지, 까만 고양이 인형, 과자가 들어 있는 분홍 비닐봉지, 온갖 잡지와 책과 설명서들, 헬라의 노란 포스터까지 천장에 매달려 있었다. 보통 책상이나 서랍에 두어야 할 물건들이었다.

유난히 높은 침대에 누군가 걸터앉아 있었다. 어른인지 아닌지 구분이 안 되어 보이는 사람이었다. 미아가 빠른 걸음으로 그에게 다가갔다. 침대에 걸터앉은 사람은 서둘러 안경을 찾아 쓰면서 소리쳤다.

"넌 뭐야?"

그 사람은 당황하기는 했지만 겁먹은 것 같지는 않았다.

"나야."

미아가 그의 정면에 서서 말했다. 그 사람이 안경을 다시 바로잡고 미아를 보았다. 아무리 봐도 모르겠다는 듯이 인상을 찌푸렸다.

"이도."

미아가 들릴 듯 말 듯한 목소리로 이름을 말했다. 그 사람을 부르는 건지, 자신을 알리는 건지 알 수 없었다. 침대에 앉아 있던 사람이 일어서면서 사납게 물었다.

"넌 누구야? 그 이름을 어떻게 알지?"

"내가 누군지 모르겠어?"

미아와 그 사람은 서로를 한참 노려보았다. 그 사람이 먼저 입을 열었다.

"나를 이도라고 부른 건 이 세상에 딱 한 명뿐이야."

미아가 천천히 답했다.

"그래. 그 한 명은 헬라였지."

"헬라, 맞아. 하지만 그 헬라는 내 이름을 기억하지 못해. 헬라들은 지난 일을 삭제당하니까."

"나한테는 기억이 남아 있어."

그 사람이 더 자세히 미아를 바라보았다. 미아는 그 자의 시선을 받아 내고 있었다. 이윽고 그 사람이 시선을 거두고 방 중앙을 차지하고 있는 작업대 쪽으로 걸음을 옮겼다. 길고 넓은 작업대는 여기저기 긁히고 파이고 쪼개진 자국투성이었다. 작업대 위에는 이상한 물건들이 제멋대로 어질러져 있었다. 뭔가의 부품들과 온갖 공구들이었다.

복잡한 작업대 앞에서 그 사람이 말했다.

"사람은 헬라를 필요로 할 뿐, 다시 만나기를 바라진 않아."

"그런데 넌 그 헬라가 가는 날 울었어."

미아가 그 사람 쪽으로 걸음을 옮기면서 말했다.

그 사람이 몸을 휙 돌려 미아를 마주 보고 물었다.

"너 누구지?"

"네가 이도라고 부르던 헬라."

"그럴 리 없어. 네가 만일 그 헬라라고 해도 날 기억할 리 없어."

그 말에 미아가 천천히 답했다.

"오류가 좀 있어. 기억이 되살아나는 오류."

그 사람이 미아를 쏘아보았다. 험악한 눈빛은 아니었다. 뭔가를 찾아내려는 듯 간절한 눈빛에 가까웠다.

한참 미아를 살피던 그 사람이 말했다.

"함께 살았던 기억을 가지고 있다고 해도 너는 내가 아는 헬라가 아니야. 정신만으론 전부가 아니야. 몸과 정신이 일치해야만 내가 아는 헬라야. 네 모습은 아무리 봐도 내가 아는 헬라가 아니야. 넌 처음 보는…… 그러니까 내가 아는 이도가 아니야."

"인간은 그렇지만 헬라는 달라. 헬라들은 다르게 태어났듯이 방식도 달라. 우리는 몸이 자라는 게 아니라 몸을 교체해."

"그렇다치고, 날 찾아온 이유가 뭐지?"

"네가 바랐으니까."

"내가 뭘 바랐다는 거지?"

"내가 돌아오는 거."

"헬라한테 독심술 기능이라도 있다는 건가? 그런 기능이 있다 해도 그거야말로 오류야."

비웃는 듯한 그 사람의 말에 미아가 잠시 숨죽이고 있었다. 잠시 후, 미아가 말을 꺼냈다. 뭔가 끈질기다 싶은 말투였다.

"넌, 날 지독히도 필요로 했지. 날 돌려보내고 싶어하지 않았어. 내가 되돌아오기를 바랐겠지. 그래서 나한테 되돌아오도록 뭔가 장치를 해 둔 거고."

"알아듣도록 설명해 봐!"

그 사람이 어이없다는 투로 말했다. 그러자 미아가 비슷한 말을 되풀이했다.

"넌 내가 다시 오기를 기다리고 있었을 텐데. 지금까지 내가 어디에 있는지도 알고 있었을 테고. 그래서……."

그 사람이 미아의 말을 막으려는 듯 익쳤다.

"도대체 무슨 소리를 하는 거지?"

"내가 돌아오길 바라지 않았다는 거야?"

미아가 날카롭게 쏘아붙였다.

그가 미아를 물끄러미 건너다보았다. 한동안 대치하듯 마주 서 있던 그 사람이 작업대 맞은편 냉장고에서 종이봉투를 꺼내 작업대에 던지듯 올리고 말했다.

"곧 사람들이 올 거야. 시간이 얼마 없어."

"누가 오지?"

미아가 묻자 그가 대답 대신 봉지에서 뭔가를 꺼냈다. 식빵과 땅콩버터와 피클이었다. 그 사람은 식빵에 땅콩버터를 바르고 피클을 얹어 간단한 샌드위치를 만들었다.

그가 샌드위치를 내 앞에 내밀었다. 나는 엉겁결에 받아들었다. 그가 손가락에 묻은 땅콩버터를 종이봉투에 닦으면서 턱으로 샌드위치를 가리켰다. 알아서 먹으라는 거였다. 손님을 대접하는 그 사람만의 방식인 모양이었다.

"걔들 아직도 여기 들락거려?"

미아가 툭 던지다시피 물었다.

그 사람이 두 번째로 만든 샌드위치를 미아 앞에 내밀었다. 미아가 받아들면서 나를 쳐다보았다. 먹어도 된다는 거였다.

내가 한 입 베어 물자 미아도 베어 물고 우물거렸다. 그때 배가 고프다는 것을 불쑥 깨달았다. 배가 고프면 힘이 빠지고 몸 여기저기가 흔들리는 기분이 들었다. 순식간에 샌드위치를 먹어 치웠다. 미아 역시 샌드위치를 금방 먹어 치우고 혼잣말처럼 중얼거렸다.

"내가 오리라고는 생각지 못했다는 거지."

그 사람이 미아를 빤히 쳐다보며 물었다.

"그건 내가 묻고 싶은 거야. 네가 정말로 그 헬라가 맞다 해도, 여긴 왜 왔지? 아니, 어떻게 여기 올 수 있었지?"

미아가 날카로웠던 목소리를 누그러트리면서 답했다.

"너한테 내가 꼭 필요했으니까. 나를 헬라로 돌려보낼 때 다시 찾으러 오겠다고 약속했었지. 그러니까 넌."

"아! 그래, 그때만 해도 난 어렸어. 헬라를 보내는 게 싫어서 징징거렸으니까."

그 사람이 미아를 쳐다보다가 겸연쩍은 듯이 머리를 긁적거렸다.

"지금 난 그때의 어린애가 아니야. 만일 몇 년 전의 그 애가 그리워서 다시 찾아온 거라면 고마워. 하지만 난 이제 헬라 친구는 필요 없어."

미아가 그 사람을 물끄러미 쳐다보았다. 마지막이 될지도 모르는 상대를 보는 눈빛 같았다. 이윽고 미아가 나를 쳐다보았다. 이만 가자는 뜻이었다.

미아가 돌아선 채 말했다.

"아저씨한테 헬라가 왔었다는 말은 하지 않는 게 좋을 거야."

"알아."

"잘 있어."

"그러지."

그 사람이 우리 등 뒤에서 중얼거렸다. 미아가 내 등을 떠밀었다. 나는 미아가 화가 났다는 것을 느꼈다. 나를 떠미는 손길이 그랬다.

3

우리는 이유 모를 분노에 휩싸여 큰 사거리를 향해 빠르게 걸어 나갔다. 사거리 못 미쳐 일방통행로 안쪽 후미진 건물 편의점 앞에 몇 사람이 모여 있었다. 그들 중 누군가 음료수 캔을 구겨 우리 쪽으로 던졌다. 딱히 우리를 보고 던진 건 아닌 것 같았다.

큰 사거리에 나와서야 우리가 나온 골목을 돌아보았다. 편의점 앞에 모여 있던 사람들이 방금 우리가 나온 건물로 몰려들어가고 있었다.

"저 사람들."

미아가 혼잣말하듯 중얼거리면서 그들을 한참 보았다.

"예전에 이도를 괴롭히던 애들 같아 보이네."

"그럼 가 봐야 하는 거 아냐?"

내가 다급하게 되묻자 미아가 나를 쳐다보았다. 미아의 싸늘한 표정 때문에 나는 약간 주눅이 들어 더 말을 꺼내지 못했다.

우리는 말없이 큰 사거리에서 다리 쪽으로 걸어 나갔다. 8차선 위를 가로지르는 다리가 가까이 보이는 지점에서 미아가 중얼거렸다.

"이도는 헬라 몸에 자기 정신을 담고 싶어 했어. 그뿐 아니라 헬라와 몸을 바꾸고 싶어 했지. 몸을 바꿔서 자유롭게 다니고 싶어 했어. 그게 이도의 꿈이었어."

"그게 가능해?"

"이도는 가능할 거라고 여겼던 것 같아. 그래서 나를 통해 실험하기 시작했지."

"너를 실험용으로?"

"말하자면 헬라를 분해하고 분석해 보기 시작했어. 헬라인 나와 몸을 바꾸지는 못하더라도 나와 자신을 연결시킬 수 있는 방법을 찾으려고 한 것 같아. 나를 통해 세상을 보려고 한 거지. 내가 보는 모든 것을 자신도 볼 수 있도록. 나한테 카메라를 장착하려고 했던 걸 수도 있고. 나한테 돌아오는 장치나

위치 추적 장치를 심었을 거라고 생각했어."

"……."

"그런데 아닌 것 같아."

"아니라는 걸 어떻게 알지?"

"그렇지 않다면 이도는 내가 언젠가 찾아올 줄 알고 있었을 거야. 하지만 이도는 생각지 못한 일을 당한 것처럼 당황해했잖아."

"내가 같이 나타나서 마음을 숨겼을 수도 있지."

"아니. 숨기지 않았어. 이도 눈을 보면 알 수 있어. 막연히 나를 그리워하고 있었을 수는 있지만."

"그리워하다니? 오늘 이도는 너를 차갑게 대했잖아?"

"그건 내 겉모습이 예전과 달라서 실망했을 수도 있고. 그보다 이도는 어린애처럼 보이는 게 싫었을 거야. 이도가 이제 컸다는 거야, 아직 완전히 다 크지도 않았다는 거고. 마음을 들키지 않으려고 애쓴 거지. 그게 이도의 자존심이니까."

미아는 천천히 다리 위를 걸어 나갔다. 미아 뒤를 따라 가다가 낮은 소리로 물었다.

"이도는 너를 어떻게 불렀어?"

"이도."

"서로를 이도라고 불렀다는 거야?"

미아는 고개를 끄덕였다. 서로를 이도라고 부른 건 맞지만, 그건 둘만의 비밀이었다고 했다. 이도 아버지는 헬라를 존재로 취급하지 않는 사람이었다. 헬라를 존재로 대하는 이도를 도리어 미친놈이라고 했다.

이도 아버지는 그런 이도를 나무랐다.

"이건 그냥 기계야, 컴퓨터나 냉장고 같은 거라고. 정을 붙여서는 안 돼!"

이도 아버지는 아들이 헬라한테 집착하게 될까 봐 경계하는 것 같았다고 했다.

"이도는 특이한 사람인 걸까?"

"특이한 게 아니라 자유롭고 싶어 하는 사람이지."

"사람들한테는 우리가 모르는 정신이 있는 걸까?"

"이도는 태어나지 않는 게 더 좋았을 거라고 한 적이 있어. 이도 이야기는 그만하자."

더 이상 말하고 싶지 않다는 듯 미아가 한 발 앞서 나가면서 서둘러 걷기 시작했다. 미아는 아직 화가 풀린 것 같지 않았다. 걷는 모습을 보면 알 수 있었다. 미아가 화난 이유를 정확히 알 수 없어서 갑갑했다.

나는 저 멀리 이어진 다리의 끝을 보았다. 그 순간 폭발할 것 같은 현기증이 덮쳤다. 순간 세상이 뒤집히는 것 같았다. 하지만 곧 아무 일도 아닌 것처럼 멀쩡했다. 나는 후, 숨을 내쉬면서 미아를 불렀다. 방금 있었던 일을 말하고 싶었다.

"미아."

미아는 혼자만의 생각에 빠져 있는 것 같았다. 걸음을 멈추고 작동이 정지된 것처럼 서 있던 미아가 불현듯 휙 돌아섰다.

"이도한테 가 봐야겠어."

4

"니들 뭐야?"

우리가 이도의 옥상에 발을 들이자마자 누군가 소리쳤다. 고함 소리가 나자 평상 쪽에 있던 두 사람이 우리 앞으로 걸어왔다. 좀 전에 편의점 앞에서 봤던 사람들이었다.

"내 말 못 들었어?"

우리를 향해 다시 고함치자 미아가 큰 소리로 외쳤다.

"아버지가 보내서 왔어!"

순간 옥상에 정적이 감돌았다. 옥상에 흩어져 서 있던 사람들이 서로의 얼굴을 쳐다보았다. 그들은 어떻게 해야 할지 갈피를 못 잡는 것 같았다.

그때 방 안에서 한 사람이 나오더니 문턱에 한 발을 올리고 서서 우리를 노려보았다.

미아가 한 발 앞으로 나서면서 다시 말했다.

"우린 아버지가 보냈어."

그러자 그 사람이 픽, 웃으면서 방 안쪽을 향해 물었다.

"아버지가 아직도 신경을 쓰나? 설마 동생들이냐? 야, 이거 성인이 되자마자 짐을 떠안기는 거냐!"

그 말에 대한 대답은 미아가 했다.

"우린 헬라야."

미아의 말에 옥상에 있던 사람들이 웅성거렸다. 그들끼리 눈빛을 주고받으면서 우리 가까이 모여들었다. 문턱에 발을 올리고 섰던 남자가 발을 내리면서 갑자기 들뜬 목소리로 집 안을 향해 말했다.

"오, 이거 의외의 수확인데? 아버지가 빚 갚아 줄 모양이네."

그는 우리가 안으로 들어갈 수 있도록 길을 터 주었다. 안으로 들어가자 의자에 앉아 있던 이도가 우리를 생전 처음 보는 것처럼 노려보면서 물었다.

"니들 뭐야?"

미아 역시 이도를 처음 만나는 것처럼 말했다.

"아버지가 보냈어."

미아가 입을 열자마자 이도가 벌떡 일어서면서 고함쳤다.

"당장 돌아가. 난 헬라 따위 필요 없다고 전해!"

"그럴 거 뭐 있어. 얘들 둘이면 우리 계산은 해결될 거 같은데? 안 그래?"

우리 등 뒤에서 들려온 말과 함께 뭔가가 내 머리를 후려쳤다. 나는 앞으로 쓰러지면서 미아를 보았다. 미아 역시 내 옆에 쓰러지면서 나를 보았다. 우리 뒤에 있던 자들이 달려들어 우리를 짓누르고 두 손을 등 뒤로 돌려 잡았다.

두 손을 결박당한 우리는 다시 일으켜 세워졌다. 그러곤 몸은 단단한 끈으로 둘러 묶였다. 나는 갑자기 닥친 일에 온몸이 차갑게 굳는 것만 같았다. 몸에서 쇠 냄새도 풍겨 나는 것 같았다. 내가 흘리는 피나 땀 냄새 같았다. 나는 눈알이 빠져나가는 듯 고통스러웠다.

"그만둬!"

이도의 고함과 동시에 사람들이 미아의 팔을 흔들고 있는 것을 보았다. 미아의 팔이 축 늘어져 옷 속에서 흔들리고 있었다. 내가 맡았던 냄새는 내 몸에서 나는 게 아니라 미아에게서 나는 거였다. 미아 몸속에 있던 냄새가 밖으로 흘러나온 거였다. 미아는 팔이 흔들리는 몸을 뒤틀면서 나를 바라보았다. 미아의 눈은 분노와 수치심으로 곧 터질 것처럼 부풀어 있었다.

"뭐 문제 있나?"

우리를 둘러싸고 있던 자들 중 유독 덩치가 큰 사람이 묻자 이도가 말했다.

"살펴보는 게 먼저야. 무슨 용도인지. 최신품이면 우리가 모르는 장치들이 장착되어 있을 거야. 아버지가 보낸 거면 내 일상 전부가 전송되는 장치가 있을지도 모르고. 그러면 지금 니들이 한 짓도 전송됐을 거고, 잘못하면 니들 진짜 범죄자 된다고. 일단 내가 좀 살펴보고 나서."

이도는 온 힘을 다해 설명을 이어 나가다가 말을 멈췄다. 키도 크고, 체격도 커서 가만히 서 있는 것만으로도 위압감을 느끼게 하는 사람이 이도를 뚫어질 듯 쏘아보더니 말했다.

"그 말이 맞다 해도 지금 우리 사정이 급하니 이쯤에서 계산을 정리하자고."

이도가 조금 누그러진 목소리로 물었다. 친구한테 하는 말투였다.

"갑자기 무슨 사정인데."

덩치 큰 사람도 누그러진 말투로 답했다.

"때가 되면 닥쳐오는 사정인데 뭘 캐물어."

이도가 잠시 생각하는 눈치더니 이렇게 물었다.

"필요한 건 헬라 몸체지?"

"그야 그렇지."

"그럼, 몸체만 가져가. 프로그램 장치는 빼내고. 그게 니들한 테 더 안전해. 그때 일 잊은 건 아니겠지? 그 헬라가 다시 돌아 가 버린 거."

이도가 말하자 우리를 둘러싸고 있던 사람들이 서로를 쳐다 보았다.

이도가 말을 이었다.

"또 그러면 곤란하잖아?"

사람들이 서로 눈짓을 주고받았다. 이도 말이 맞다는 뜻인 것 같았다.

"하긴 우리가 필요한 건 몸체뿐인데, 정신까지 가져갈 건 없 지. 내일 아침까지 정리해 둬. 저 팔도 좀 수리하고."

"삼 일은 걸려."

"내일 저녁까지야."

명령하듯 말하고 그들은 서로 손짓을 주고받으면서 밖으로 몰려 나갔다. 그들이 밖으로 나가 옥상 계단 아래로 내려가는 소리를 듣고 있었다. 깊은 지하에서 왕왕 울려 나오는 소리 같 았다. 그 소리가 점점 멀어져 가는 걸 듣고 있자니 '이곳이 가 상 세계가 아닐까?'라는 생각이 들었다. 전에 미아가 알려 준 컴퓨터 게임 속 가상 세계의 일원으로 있는 것만 같았다. 나는 아마도 멍한 눈으로 이도를 쳐다보았을 것이다.

이도의 목소리가 멍한 내 정신을 깨웠다.

"뭣 때문에 다시 돌아왔지?"

"아직도 저놈들 하고 어울리는 거야?"

미아가 흔들리는 팔을 붙잡고 되물었다.

"그건 네가 신경 쓸 일 아니고, 다시 돌아온 이유나 말해."

이도가 미아의 흔들리는 팔을 보면서 묻자 미아도 자기 팔을 내려다보면서 주저하는 목소리로 말했다.

"그냥 좀 걱정돼서. 가다가 저놈들을 봤거든."

이도가 미아한테 점퍼와 후드 티를 벗으라고 손짓했다. 한쪽 팔로 옷을 벗으려고 애쓰는 모습을 보고만 있다가 불현듯 정신이 든 것처럼 나는 미아 팔에 걸린 옷을 빼냈다.

이도가 낮게 깔리는 음성으로 말했다.

"쟤들이 데려가면 너희 둘은 이 세상에서 완전히 사라져 버려."

"쟤들이 우리를 어쩔 건데?"

"정신은 빼서 태워 버리고, 몸체만 팔겠지."

"그럼, 이제 어쩌지?"

"팔만 수리하고 도망쳐야지."

"우리가 도망가고 나면 너는 어쩔건데?"

"내 일은 내가 알아서 해."

"널 곤란하게 하려고 다시 돌아온 게 아니야."

미아가 흔들거리는 자기 팔을 다른 팔로 감싸 안았다.

5

"이도."

"왜."

"쟤들 하고는 어쩌다 이렇게 된 거야?"

"쟤들을 나쁜 친구들로 만든 건 나야."

어릴 때 이도는 친구가 필요했고, 자신을 친구로 받아들여 준 사람들이 바로 그들이라고 했다. 이도의 아버지는 새로운 가정을 꾸려 이 지역을 떠나면서 이도만 이 건물 옥상에 남겨 두었다. 혼자 옥상에 남겨진 이도한테 친구가 되어 준 사람들이 그들이라고 했다.

그들은 가난한 아이들이었다. 이 지역에 사는 가난한 아이들은 어린 시절부터 돈 버는 일에 뛰어들었다. 그 친구들 중 둘은 이도의 옥상에서 살다시피 했다. 적어도 이도의 옥상에는 언제나 먹을 게 있었고, 다른 사람들 눈치를 보지 않아도 되었다.

이도의 아버지는 이도와 친구들이 큰 말썽을 일으키지 않는 한 내버려 두었다. 이도 아버지는 먹을 것과 살 곳, 그리고 적당히 필요한 물품만 사다 주면 아이 혼자 저절로 자라나는 줄 아는 사람인지도 몰랐다. 함께 보내는 시간이나, 엄하고 다정한 보살핌 같은 건 아이가 자라는 데 별 소용없는 일이라고 생각하는 사람이었다.

대신 이도 아버지는 헬라를 보냈다. 그 헬라가 이도의 보호자 노릇을 했다. 이도를 위해 장을 보고, 요리를 하고, 청소며 빨래는 물론이고 공부를 도왔다. 당시 이도 아버지가 보낸 헬라는 20대 초반의 남성형 헬라였다.

그런데 이도가 헬라와 지내면서 자신도 헬라가 되고 싶다고 생각하기 시작했다. 이도가 정말 허약한 건지는 알 수 없지만 아버지는 이도를 선천적으로 허약한 아이라고 여겼다. 키도 또래들보다 작고, 몸무게도 좀처럼 붙지 않는 이도는 점차 스스로도 허약하다고 생각했다.

이도의 아버지는 이도가 성인이 될 때까지 살아 있지 못할 것이라는 말도 했다. 그래서인지 먼 미래를 위한 교육이나 계획은 세우지 않았다. 그뿐 아니었다. 이도의 아버지는 이도가 동네와 옥상을 벗어나지 못하도록 했다. 그렇게 해서 이도를 손쉽게 관리하려고 했다.

아버지의 이런 생각을 온몸과 마음으로 느끼면서 살아온 이도는 스스로도 스무 살 이후의 삶에 대해 기대하지 않게 되었다. 그러면서 점차 이 옥상 밖의 세상에 대해 두려움을 가지게 되었다. 언제부터인가 이도는 옥상 아래로 내려가지 않았다. 스스로를 이 옥상에 가두었다.

신기하게도 아버지가 떠나면서 보낸 헬라와 살면서 새로운 생각을 갖게 되었다. 그것은 자유에 대한 갈망이었다. 하지만 이도는 자신의 몸과 마음으로 옥상 아래로 내려가려고 하지는 않았다. 이도는 자신의 몸을 버리고 헬라의 신체로 살아가는 방법을 찾으려 했다.

두 가지 방법이 있었다. 하나는 자기 생애를 이루는 모든 자료를 프로그램화해서 헬라의 신체에 입력하는 것. 그리고 그 헬라로 살아가는 것. 그렇게 해서 자유롭게 살아가는 것.

두 번째 방법은 헬라를 자신이 조종할 수 있도록 만드는 거였다. 헬라가 이 세상 어디에 있든 이도는 헬라가 보는 세상을 볼 수 있고, 가고 싶은 곳으로 갈 수 있게 되는 것이었다. 그렇게 해서 이도는 이 옥상에서 벗어나 자유롭게 살 수 있다고 생각했다. 문제는 두 가지 방법 중 어느 쪽이든 아버지가 모르는 헬라 신체가 필요했다.

이도의 옥상에 자주 오던 한 친구의 아버지가 헬라들을 해체하는 공장에 근무하고 있었다. 이 지역 주민들 중 많은 사람들이 헬라 해체 공장에 근무했다. 그 공장에는 구식 모델이나, 부서지거나, 알 수 없는 이유로 버려진 헬라들이 모여들었다. 공장에 오는 헬라들은 모두 몸체뿐이었다. 정신이 담긴 소프트웨어는 공장에 오기 전에 모두 제거되었다.

공장을 통한 불법적인 거래도 흔했다. 이 지역 사람들의 상당수는 헬라들을 거래하는 일로 돈을 벌었는데, 친구의 아버지도 그 일을 했다.

이도는 친구 아버지를 통해 헬라를 구하려고 했다. 그러려면 돈이 필요했다. 그것도 현금이 필요했다. 이도한테 현금은 없었지만 아버지가 보낸 최신형 헬라는 있었다.

신형 완제품 헬라 역시 불법 거래되고 있었다. 여러 이유로 완제품 신형 헬라를 직접 구입할 수 없는 사람들은 언제나 있었다.

최신형 완전품 헬라는 비싼 값에 거래되었다. 완제품 헬라 하나면 해체 공장에서 빼낸 중고 헬라 둘과 교환할 수 있다고 친구가 전했다. 그들이 이도의 아버지가 보낸 헬라를 데려갔고, 대신 공장에서 빼낸 헬라 몸체 두 개를 가져왔다. 하나는 성인 몸체였고, 다른 하나는 이도와 같은 나이의 헬라였다.

이도는 성인 헬라는 침대 밑 상자에 넣어 두고 자신과 비슷한 헬라를 살펴보았다. 헬라를 살펴보던 이도는 이 헬라가 프로그램이 완전히 제거되지 않았다는 것을 알았다. 소프트웨어 장치가 제거되지 않은 채 수면 상태에 있는 헬라였다.

"그 헬라가 바로 너였어."

이도가 미아를 향해 말했다. 미아는 혼란을 정리해 보려는 것 같았다. 혼란은 이도가 정리해 주었다.

헬라가 깨어나자 이도는 헬라의 상태를 알아챘다. 헬라는 소프트웨어 장치가 제거되지는 않았지만 이전의 프로그램은 삭제된 것 같았다. 거의 백지 상태인 헬라에게 이도는 자신의 정보들을 입력하기 시작했다. 자신의 어린 시절과 자신이 중요하게 생각하는 것과 그렇지 않은 것. 자신에 관한 모든 것. 그런후에 이도는 헬라의 정체성을 만들기 위한 정보를 구성하고 학습시켰다.

헬라의 이름을 '이도'라고 지어 주고 서로를 이도로 불렀다. 자신과 똑같은 생각을 하고, 똑같이 살아갈 것이며, 이 세상에서 믿을 건 서로의 존재뿐이라고 가르쳤다. 이도와 이도는 서

로를 보호하고, 언젠가 이 옥상을 떠나 자유롭게 될 날을 기다
렸다. 이도와 이도가 옥상을 떠나는 날은 인간 이도가 성인이
되는 날로 정했다.

인간 이도가 성인이 되려면 아직 삼 년이나 기다려야 했다.
그저 기다릴 수밖에 없었다. 성인이 되지 않은 인간은 헬라보
다도 자유가 제한되었다. 미성년 인간에게 주어진 자유는 보
호자가 허락하는 한에서만 가능했다. 이도의 아버지는 이도가
동네와 옥상을 떠나는 자유를 허락하지 않을 거였다.

하지만 문제가 터졌다. 친구 아버지를 통해 어딘가로 팔려
갔던 최신형 성인 헬라가 탈출을 감행해 이도의 아버지를 찾
아갔던 것이다. 그 일로 이도 아버지는 이도가 한 일을 알게
되었다.

이도와 거래했던 친구 아버지는 감당할 수 없는 큰 손해를
입었다. 해체 공장의 헬라 뒷거래는 암암리에 이뤄져 왔었다.
그런 뒷거래가 공식적으로 문제시되었던 것이다. 친구의 아버
지는 문제를 일으킨 당사자가 되어 직장을 잃었다.

이도의 헬라 역시 다시 해체 공장으로 돌아가야 했다. 헬라
직원이 직접 와서 이도의 헬라를 수거해 갔다. 그런데 직원들
은 눈앞에 보이는 어린 헬라만 회수해 갔을 뿐 침대 밑에 있는
성인 헬라에 대해서는 문의조차 하지 않았다. 회사에서는 이

일을 서둘러 마무리하려 했는데, 이도가 다른 성인 헬라를 가지고 있는 건 모르는 것 같았다.

이도의 친구들은 헬라 직원들이 이도의 헬라를 모두 회수해 간 것으로 알았다. 이도도 침대 밑에 있는 헬라에 대해서는 입을 다물었다.

문제는 이도의 친구들이 그 문제로 생긴 손해를 이도한테 책임지라고 위협하는 거였다.

"그 일 때문에 저놈들이 널 괴롭히는 거였어?"

"내가 큰 손해를 안겼으니까."

"왜 나한테는 그런 기억이 없지?"

미아가 물었다.

"너는 그 사건의 앞뒤를 알 수 없지. 내가 알리지 않았으니까. 너는 내가 알려 준 것만 기억할 뿐이야. 지금 와서 생각해 보니 내가 나라고 알려 줬던 것들도 진짜는 아니었던 것 같다. 그건 그냥 내가 되고 싶은 나였을 뿐이지. 기억은 물론이고 실제로 있었던 일들까지도 왜곡되기 마련이니까."

"그럼 내 기억에 있는 이도는 뭐지?"

"그 이도는 그냥, 이야기 같은 거라고 생각해."

"무슨 이야기?"

"내가 지어낸 이야기."

"그럼, 난 지어낸 이야기를 진짜로 알고 여기까지 왔다는 거야?"

"지어낸 이야기가 모두 가짜는 아니니까. 거긴 진짜 이야기도 섞여 있어."

미아는 이도를 노려보았지만 걱정했던 것보다는 상황을 빨리 받아들였다. 미아의 정신에 알 수 없는 속도가 붙은 것만 같았다. 이해할 수 없는 일 때문에 화를 내는 대신 상황을 판단하려고 애쓰는 것 같았다. 그 순간의 미아는 아이가 아니라 어른 같았다. 아니, 어른이 아니라 진화한 다른 존재처럼 선명했다.

미아가 물었다.

"그럼, 이제 어떻게 할 거지? 우리가 도망치면 저들이 널 그냥 두지 않을 텐데?"

"그래도 너희는 여기서 도망가야지."

"그렇게는 못 해. 너 혼자 두고 갈 거면 되돌아오지도 않았어!"

"그럼 어쩌자고!"

"우리와 함께 떠나. 성인이면 자유롭게 여길 떠날 수 있다는 거잖아!"

"여길 떠난다고 자유로워지는 건 아니야."

"전에는 여길 떠나고 싶어 했다면서."

"그랬었지."

"예전에 원하던 자유와 지금 원하는 자유가 달라졌다는 거야?"

"지금은 이곳에서 떠나고 싶은 간절함이 없어. 이곳에서 떠난다고 해서 자유로워지는 건 아니라는 걸 알게 되었다고 봐야지."

"지금 원하는 자유는 뭐지?"

이도는 미아를 묵묵히 바라볼 뿐 대답을 하지 않았다.

이도와 미아는 한동안 방 안을 서성거렸다. 이도가 문득 움직임을 멈추더니 생각났다는 듯이 목소리를 높였다.

"나한테 생각이 있는데. 어쩌면 우리 모두 괜찮아질지 모르고."

이도가 손짓으로 나를 불렀다. 침대 쪽으로 오라는 거였다. 이도는 무릎을 꿇고 엎드려 침대 아래에 있던 상자를 끌어내기 시작했다. 나는 이도를 도와 상자의 다른 편 모서리를 잡고 끌어냈다. 상자는 관처럼 생긴 단단한 종이 재질의 상자였다. 이도가 뚜껑을 젖히자 성인 헬라가 잠을 자는 듯 누워 있었다.

이도가 미아를 올려다보면서 물었다.

"어때?"

"뭐가?"

"네 모습. 몸체를 바꿀 때도 됐어. 지금 그 몸은 네 정신에 어울리지 않기도 하고. 정신에 맞게 몸도 성장해야지."

이도는 미아의 정신을 성인 헬라로 옮기고, 미아의 팔과 몸체를 고친 후에 친구들한테 주겠다는 거였다. 어차피 친구들은 신형 헬라의 몸체만 가져가고 싶은 거였다. 정신이 깃든 헬라를 데려갔다가 곤란한 일을 겪은 터라 또다시 그럴 생각은 아닐 거라는 게 이도의 설명이었다.

"그럼 얘는 어떻게 변명할 거지?"

미아가 나를 턱으로 가리키면서 물었다.

"도망쳤다고 해야지. 널 고치려고 한눈파는 사이에."

"그러면 너는 계속 괴롭힘을 당할 텐데?"

"한동안 괴롭히긴 하겠지만 걔들과 내가 처음부터 나쁜 사이는 아니었어. 이 일은 나한테 더 책임이 있기도 하고. 애초에 일을 이렇게 만든 게 나니까 괴롭힘 좀 당해도 싸지."

"그건 네 생각이고, 걔들은 괴롭히는 정도로 끝내지 않을지도 모르는데?"

"그건 그때 가서 생각해 봐야지. 멀리 보는 것만큼, 당장 눈앞에 닥친 문제를 해결하는 것도 중요해."

"사람들은 그렇게 생각해요?"

내가 불쑥 물었다.

"다른 사람들은 모르겠고, 나는 그렇게 생각해."

이도가 답했다.

"할 수 있겠어?"

미아는 여전히 의심을 거두지 않았다.

이도는 친구들과 거래 사건이 있고 난 후, 지금까지 수없이 많은 헬라를 수리해 왔다고 했다. 친구 아버지는 헬라 공장에서 해고당한 후에도 그 공장에 다니는 동료들과 거래를 해 왔다. 공장에 쌓인 헬라들을 빼돌려 수리하고 프로그램을 입력하는 일이었다. 몰래 빼낸 헬라를 고치고 완제품으로 만들기에 이도의 옥상만큼 적당한 장소는 없었다. 옥상을 작업 장소로 제공하면서 이도는 많은 것을 배웠다. 헬라의 몸체를 수리하고, 헬라가 눈을 뜨게 하는 기술. 사실 그건 컴퓨터를 수리하는 것과 비슷한 일이라고 했다.

"헬라와 인간이 다르다는 건 알지?"

"알지."

"인간의 정신은 서서히 자라는 몸에 적응해 가지만, 헬라의 정신은 몸을 바꾸는 일에 적응해야 하는 거."

이도가 상자 속에 누워 있는 헬라의 머리칼을 쓰다듬으면서 말했다.

"최신형은 아니지만 아주 괜찮아. 헬라의 모델들 중 가장 인간에 가까운 외형인 것 같아."

이도가 우리를 번갈아 훑어보면서 아이처럼 웃었다. 그렇게 웃은 게 실수라는 듯이 겸연쩍어하면서 변명하듯 말을 이었다.

"이번에 새로 나온 최신형들은 뭔지 모르게 거부감이 느껴져. 지나치게 미래적이야. 인간보다 진화한 종족들을 보는 것 같기도 하고. 어쩌면 헬라와 인간을 구별하려는 시도를 하고 있는지도 몰라. 사실 지금까지는 너무 똑같았잖아? 니들도 그렇고."

미아가 이도의 말을 자르며 끼어들었다.

"이렇게 하려는 이유가 뭐야?"

"이유라니?"

"이렇게까지 해서 나를 돌려보내 주려는 이유가 뭐냐고."

이도가 천천히 일어서면서 말했다.

"그건 자유 때문이지."

"내 신체를 바꾼다고 네가 자유로워지는 건 아닐 텐데?"

"아니. 내가 이런 선택을 할 수 있는 게 바로 자유야."

미아와 이도는 서로를 쳐다보았다. 이윽고 미아가 고개를 돌리고 나를 바라보았다. 미아의 눈은 이도를 믿어도 된다고 말하는 것 같았다.

6

미아는 청년의 얼굴로 눈을 떴다. 여자도 아니고 남자도 아
닌 얼굴. 사람도 아니고 헬라도 아닌 것 같은 첫 시선으로 나
를 보았다.

"하영아."

미아가 다시 태어난 첫 목소리로 나를 불렀다. 나직하고 깊
은 어른의 목소리였다. 그 목소리가 어쩐지 마음에 들었다.

미아는 이전의 자기 몸을 바라보았다. 미아라고 불리던 여자
아이의 몸체. 팔이 뜯어져 덜렁거리는 어린 헬라의 몸을 바라
보았다.

"이도라는 이름은 네가 가져가."

이도가 말했다.

"괜찮겠어?"

미아가 묻자, 이도가 답했다.

"어차피 그 이름은 너 말고 아무도 사용 안 해."

"그럼 내가 이도의 분신이 되는 건가?"

이도가 잠시 생각하는 눈치더니 답했다.

"넌 다른 이도야. 누구의 분신이 아니라."

"그런데 왜 너의 분신이라는 생각이 들지?"

"그건 내가 알고 있는 모든 것을 너와 공유했기 때문일 거야. 내가 죽고 나면 사라져 버릴 것들. 그래서 그동안 내가 저장해 온 정보들을 너한테 입력해 뒀어."

"그게 나한테 어떤 영향을 주지?"

"영향은 모르겠고, 한 가지."

이도는 바지 주머니에 두 손을 넣었다가 뺐다가 하면서 서성이다가 쑥스러운 듯이 말을 이어 나갔다.

"이 세상 어딘가에 서로가 있다는 걸 기억하게 해 주겠지."

이도는 다른 이도의 얼굴을 건너다보면서 말했다.

"잘 있어."

그러자 이도가 대답했다.

"잘 가, 이도."

검은 숲속의 누나

"이도."

"응?"

"엄마가 찾으려 한다면 나는 어떤 식으로 잡혀?"

"우리가 상점에서 물건을 사거나, 지하철이나 택시를 타면 기록이 저장되겠지. 그 기록으로 찾을 수 있어."

"그러면 상점 같은 곳도 못 가고, 차도 타지 말아야 한다는 거야?"

"몸체를 바꾸지 않는다면 그래야겠지."

"그럼, 할아버지는 이제 널 찾을 수 없겠네."

"못 찾아. 하지만 안 찾겠지."

"왜?"

잃어버린 헬라를 찾으려면 번거롭고 비용도 많이 든다고 이도가 알려 주었다. 새로운 헬라를 구입하는 게 더 싸게 먹힐 뿐 아니라, 헬라 회사에서는 헬라를 찾는 것보다는 새로 구입해 주기를 원한다. 그래서 잃어버린 헬라를 찾아 주는 일에 성의가 없고, 찾으려고 하지도 않으며, 결국 새로운 헬라를 사도록 만든다고 했다.

"그러면 엄마도 날 찾지 않겠네."

"어쩌면."

"우리처럼 가출한 헬라들이 또 있어?"

"버려진 헬라들도 있어."

"버리기도 해?"

"처리 비용이 드니까 그냥 버리는 거지."

"그런 헬라를 만나 본 적 있어?"

"아직. 어쩌면 아직 기억이 떠오르지 않는지도 모르지."

"만일, 엄마가 날 꼭 찾으려고 한다면 어떻게 돼?"

"네가 신체를 바꾸지 않는다면, 길거리에서 우연히 널 찾을 확률보다 해체 공장에서 찾게 되지 않을까? 그렇지 않다면 위험한 곳에서 찾을 텐데."

"위험한 곳이라니?"

"나쁜 일에 헬라를 이용하는 사람들도 있으니까."

"어떤 나쁜 일?"

이도의 커다란 손바닥이 내 어깨를 감쌌다. 뭔가 따듯한 기운이 감싸는 것만 같았다. 이도가 어깨를 감싸 준 순간에 마음속에서 다른 감정이 생성되고 있었다. 아직 이름 지어지지 않은 어떤 감정이 조용히 일렁이는 것만 같았다.

1

처음 와 본 도시였지만 어딘지 익숙한 도시에 도착했다.

헬라

글자가 박힌 노란 형광 표지판이 도로마다 세워져 있어서 더 그런지도 몰랐다. 우리는 사람들이 다니는 도로를 피해 숲 안으로 들어섰다. 금지 구역이라는 표지가 있는 숲이었다.

"인과 관계를 따져 보면 이곳이 먼저야."

이도가 이 도시에 온 이유를 설명했다.

"내가 열다섯 살로 살았던 건 두 번 기억나. 한 번은 저 검은

숲 뒤에 있는 집이고, 다른 한 번은 이도의 옥상이야. 그런데 이도가 나를 해체 공장에서 데려왔을 때 열다섯 살짜리였다고 했지? 그렇다면 여기 사는 사람이 나를 해체 공장으로 보냈을 확률이 높지."

"그래서?"

"왜 나를 해체 공장으로 보냈는지 모르겠어."

이도는 프로그램도 제대로 처리하지 않고 해체 공장에 내다 버릴 정도면 뭔가 일이 있어서 서둘렀다는 뜻이라고 했다.

"대체 무슨 일인지. 나한테 무슨 일이 있었던 것 같기는 한데."

이도는 자세한 정황이 생각나지 않아 고통스러워하는 것 같았다. 그러면서 깊은 고통에 휘말리지 않으려는 듯 탁, 탁, 땅을 세게 디디면서 나아갔다.

자동차들이 지나가는 소리가 바람 소리와 구별되지 않는 곳에 이르면서부터 숲은 더욱 울창해졌다. 날도 어두워지고 있었다. 나무가 빽빽하게 들어찬 검은 숲은 거대한 어둠 덩어리처럼 우리 앞에 놓여 있는 것만 같았다.

"이 숲을 통과해야 해."

이도가 알렸다. 그러면서 검은 숲에 대해서라면 훤히 아니까 겁먹을 필요 없다고 했다. 나는 후드를 더 당겨 덮고 이도 뒤를 따랐다. 어두운 숲을 얼마나 걸어 들어갔는지 알 수 없었다. 눈을 감으나 뜨나 마찬가지인 어둠 속에서 우리는 앞으로만 나아갔다.

얼마나 나아갔는지 가늠할 수 없는 어느 순간 주택 단지와 숲의 경계에 서 있다는 것을 알았다. 도로를 따라 늘어선 가로등 불빛들이 동네의 형태를 보여 주고 있었다. 길쭉한 타원형 모양의 동네였다. 불이 밝혀진 집들보다 꺼진 집들이 더 많았다.

"저기."

이도가 한 곳을 가리켰다.

우리는 발소리를 내지 않으려고 조심하면서 나아갔다. 이도가 가리킨 집에 이르렀을 때 갑자기 집 안에 불이 켜졌다. 단층 주택이었는데 실내에서 옥상으로 올라가는 계단이 훤히 보였다. 우리는 집 안이 좀 더 잘 보이는 곳으로 갔다. 불은 켜져 있는데 사람은 보이지 않았다.

숨죽이고 있는데 방들 중 하나의 문이 열리고 누군가 거실로 나왔다. 멀어서 정확하게 알 수 없었지만 남자 어른 같았다. 방에서 나온 남자가 뭔가를 들고 계단을 올라갔다.

잠시 후, 남자가 옥상에 나타났다. 남자는 난간 모서리 쪽으로 다가와 섰다. 옥상에 불을 밝힌 건 아니었지만 움직임은 알 수 있었다.

그때 옥상 위에 있던 남자가 동작을 멈추고 우리가 있는 곳을 응시하는 것 같았다. 우리는 얼어붙은 것처럼 꼼짝하지 않고 옥상을 주시했다. 한참 우리 쪽을 내려다보던 남자가 손에 들고 있던 뭔가를 휙 집어 던졌다.

야옹.

울음소리와 함께 고양이가 어둠 속으로 튀어 갔다. 옥상에 서 있던 남자가 양손으로 난간을 짚고 아래를 내려다보다가 몸을 세웠다. 한 손을 바지 주머니에 넣고 다른 손으로 옥상 난간을 훑어 나가듯이 걷다가 계단 쪽으로 걸어갔다. 이윽고 아래층 거실에 계단을 내려오는 남자가 보였다.

그때 집 안에 있는 방들 중 다른 하나의 방문이 열리고 휠체어가 밀려 나왔다.

"누나야."

이도가 한숨 쉬듯 중얼거렸다.

휠체어에 앉아 있는 사람은 옥상에 올라갔던 사람만큼 어른은 아니었다. 옥상에 올라갔던 사람이 누군지는 잘 모르겠지만 휠체어에 앉아 있는 사람은 누나가 틀림없다고 이도가 속삭였다.

옥상에서 내려온 남자가 휠체어를 주방 쪽으로 밀었다. 두 사람은 식탁 주변에서 움직였다. 이야기를 나누면서 식탁에 있는 뭔가를 치우고 다른 걸 올려 두는 것 같았다.

'식사를 할 참인가?'

나는 생각했지만 곧이어 불이 꺼지고 집은 다시 검은 물속에 잠긴 것 같았다.

"누나가 왜 휠체어를 타지?"

이도가 중얼거렸다.

"전에는 저렇지 않았다는 거야?"

나의 물음에 이도는 머리를 흔들었다.

"아니야."

누나가 휠체어에 앉아 있는 게 자기 잘못인 것처럼 이도는 고통에 찬 한숨을 내쉬었다.

이도가 무엇 때문에 고통스러워하는지 모르겠지만 나는 그때 사람의 몸이 연약하다는 생각을 했다. 엄마도 다쳐서 팔에 깁스를 한 적이 있었는데 그때도 그런 생각을 했던 것 같다. 사람의 몸은 상하면 치료할 수는 있지만 헬라처럼 바꾸지는 못한다. 그 점이 뭔지 모르게 슬프다는 생각이 들었다. 하지만 살아가는 데 사람의 몸이 더 편한지, 헬라의 몸이 더 편한지는 알 수 없다고 생각했다. 그리고 바로 그 몸 때문에 누나가 몸체를 바꾼 이도를 못 알아볼 거라고 생각했다.

"너를 못 알아볼 거야."

"알아볼 거야."

이도가 전에 없이 고집스럽게 답했다.

"누나는 어른이 되었고 너는 다른 모습이잖아."

"우리 둘만 아는 게 있어."

"그게 뭔데?"

이도는 대답 대신 중얼거렸다.

"내가 누군지 누나는 알아볼 거야."

이도는 더는 말을 잇지 않고 앞서 나갔다.

이도가 걸음을 멈춘 곳은 집의 측면에 있는 문 앞이었다. 잠시 잠금 장치를 내려다보던 이도가 장치에 손을 갖다 댔다. 그때 집 안에 불이 밝혀지고 누군가 문 쪽으로 걸어 나오는 소리가 들렸다. 이도와 나는 집 뒤쪽으로 몸을 숨겼다.

문을 열고 나온 사람은 좀 전에 옥상에 올라갔던 남자였다. 그는 문을 닫고 이 집과 옆집의 경계인 나무 담장 사이로 들어갔다. 잠시 후, 그는 옆집의 측면에 있는 문을 열고 들어갔다.

남자가 들어간 옆집 문의 불이 꺼지고 더 안쪽의 불이 밝혀지는 것을 보면서 우리는 다시 문 앞에 와서 섰다.

이도가 번호를 조심스럽게 누르자 희미한 소리와 함께 잠금 장치가 풀렸다. 이도가 순간 나를 돌아보았다. 비밀번호가 그

대로인 것 때문인 것 같았다. 우리는 재빨리 안으로 들어가 실내 깊숙한 곳으로 들어섰다. 문 앞의 센서 등이 꺼지고 집 안이 완전히 어두워지자 이도가 계단 아래쪽 문을 가리켰다.

"저 방이야."

이도가 방문 앞에 서서 잠시 서 있다가 세 번 두드렸다. 방 안에서는 아무 기척이 없었다. 이도가 다시 문을 세 번 두드렸다. 그러자 방 안에서 움직이는 소리가 났다. 굼뜨지만 뭔가 서두르는 소리들, 걷고, 앉고, 휠체어가 구르는 소리 같은 거였다. 문이 열리고 휠체어에 탄 사람이 보였다.

"니들 뭐지?"

그 사람은 당황한 중에도 날카로운 목소리로 물었다. 이도는 계속 휠체어에 앉은 사람을 쏘아보았다. 이도가 무섭게 집중해서 바라보다가 입을 열었다.

"누나."

이도가 부르자 휠체어에 앉은 사람은 뒤로 약간 물러나 문을 닫으려고 했다.

이도가 한 발을 내밀어 문을 막으면서 말했다.

"내가 누구인지 증명할 수 있어."

"어떤 증명."

"누나가 나를 어떻게 불렀는지."

"어떻게 불렀지?"

"너."

누나는 더 이상 날카롭게 소리치지도 놀라지도 않았다. 무섭도록 차분하게 말했다.

"모든 헬라들을 그렇게 불렀어."

"다른 헬라들도 있었어?"

"여럿."

이도가 잠시 숨죽이고 있다가 한 발 뒤로 물러섰다.

"우리 둘만 아는 장소가 있어."

"장소?"

"숲속에 우리만 아는 장소, 아버지 몰래 가던 곳."

"다른 헬라들도 다 알아. 그곳은."

"옆집 개 이야기도 다 알아?"

이도가 흔들림 없이 묻자 누나가 이도를 올려다보았다. 그리고 말했다.

"말해 봐."

"옆집 개가 우리에게 자주 왔었어. 우리가 숲에 갈 때도 따라왔고. 그날 우리가 숲에 갔을 때 옆집 개가 죽었는데, 우리는 개를 옆집에 데려다주지 않고 그곳에 묻었지. 그 개가 묻힌 장소는 우리 둘만 아는 비밀이고."

이도 말이 끝나자 누나는 무표정하게 이도를 바라보았다. 감동이나 반가움 같은 건 전혀 없는 얼굴로 누나가 물었다.

"여긴 왜 왔지?"

이도를 반가워해야 할 것 같은데 도리어 적을 확인한 듯이 빈정거리는 투였다. 그런 누나를 보던 이도가 되물었다.

"아버지는?"

이도가 아버지를 입에 올리자 누나 몸이 순간적으로 경직되는 것만 같았다. 누나가 차갑게 물었다.

"아버지를 만나러 온 거였어?"

"아니."

"그럼 왜 온 거지? 그리고 저 앤 뭐야?"

그때서야 누나가 나한테 관심을 보였다. 나는 누나의 태도가 이상하다고 생각하고 있었다. 이도 말대로라면 누나는 이도를 반가워해야 마땅했다. 그런데 전혀 그렇지 않았다.

"친구."

이도가 답했다.

누나가 나를 위아래로 훑어보면서 고개를 끄덕거렸다. 질문은 하지 않았다. 잘 모르겠지만 헬라를 별로 좋아하지 않는 것 같았다.

"친구까지 데리고 왜 여길 온 거지?"

"알아볼 게 있어서."

"뭘?"

"내가 왜 두 번이나 돌려보내졌는지."

"모든 헬라는 결국 다 돌려보내져."

누나는 대수로운 일이 아니라는 투로 답했다. 이도가 다시 물었다.

"누나가 아니면, 아버지가 보낸 건가?"

"아니."

"그럼?"

누나가 나를 향해 손짓으로 방문을 닫으라고 하면서 휠체어를 뒤로 물렸다. 내가 방문을 닫자 휠체어를 반 바퀴 휙 돌려 방 안 깊숙이 우리를 이끌었다.

방은 두 개의 커다란 공간으로 나뉘어져 있었다. 개방형 아치문을 중심으로 한쪽은 침실이고 다른 쪽은 서재로 보였다. 우리는 휠체어 뒤를 따라 서재 한가운데 가로지르듯이 놓인 책상 앞으로 다가갔다. 책상 위에는 컴퓨터 세 대가 나란히 놓여 있었다.

2

컴퓨터 화면 속의 두 아이는 닮아 보였다. 얼굴 모습이 꼭 닮은 건 아니었다. 하지만 체격, 키, 옷차림새가 누가 누군지 구분하기 힘들었다. 어깨까지 내려트린 검은 머리칼도 같았고, 양 손바닥을 내보이면서 어깨를 으쓱하는 모습도 같았다. 비슷해 보였지만 한쪽은 사람이고, 다른 쪽은 헬라였다.

누나의 아버지는 딸이 열 살 되던 해 딸과 같은 나이로 설정된 헬라 아이를 주문했다. 헬라 아이가 딸한테 도움을 줄 수 있을 것으로 기대했다.

누나는 신경 발작 증세가 있었는데, 어릴 때 당한 사고가 원인이었다. 누나가 어릴 때 엄마와 숲 인근에서 산책을 하다가

곰의 공격을 받은 적이 있었다. 그 사고로 누나의 엄마는 크게 다쳐 병원에 오랫동안 입원했다가 요양원으로 옮겨졌다. 누나는 크게 다치지는 않았지만 신경 발작 증세를 일으켰다. 발작 증세가 생긴 후로 주변 사람들은 물론이고 친구들과 어울리는 일에도 고통을 호소했다. 누나는 학교를 다닐 수도, 사람들과 어울리는 것도 힘들어했다. 언제 발작적으로 성질이 폭발해서 사고를 일으킬지 몰랐다. 그런 누나에게 헬라 아이가 친구가 되어 주고 보호자 역할도 할 것이었다.

기대했던 대로 누나는 헬라 아이와 문제를 일으키지 않았다. 도리어 헬라 아이에게 의지하고 때로는 헬라 아이를 보살피면서 행복해했다. 함께 자라는 아이들처럼 둘은 서로를 보완하고 의지했다.

"그랬는데 왜 돌려보냈지?"

이도가 묻자 누나가 잠시 머뭇거리다가 답했다.

"비밀 때문이었어."

"비밀?"

이도가 되물었다.

누나는 이도를 유심히 바라보았다. 이도한테서 뭔가를 읽어 내려는 것처럼 골똘하게 쳐다보다가 약간 비웃는 듯 표정을 구겼다. 하지만 비웃는 표정은 금방 사라지고 가벼운 한숨을 쉬었다. 그러곤 천천히 말을 이었다.

아버지의 기대대로 헬라 아이가 온 후 누나는 차츰 안정을 찾아갔다. 누나는 간혹 숲속으로 산책도 나섰다. 아버지는 늘 숲 안으로 들어가지 말 것을 당부했다. 하지만 누나는 헬라 아이에 의지해 숲으로 들어가기 시작했다. 오래전 곰과 맞닥트렸던 공포 때문에 신경 발작이 생겼고, 그래서 숲은 누나한테 금지된 장소였다. 그런데 헬라 아이와 숲에 드나들면서 그 공포를 극복하는 것 같았다.

누나와 헬라 아이는 숲을 탐험하듯 다니곤 했다. 수령을 가늠할 수 없는 오래된 삼나무들이 주종을 이루는 숲이었다. 오래전 산림 계획에 의해 조성된 숲이었는데 세월이 지나면서 온갖 나무와 덤불, 식물과 동물들의 서식지가 되어 보호림으로 지정되었다. 보호림은 산맥을 따라 수십 킬로미터 이어져 있는데, 야생 동물의 서식처와 이동로가 있어 사람들의 출입이 통제되고 있었다.

누나가 사는 주택 단지를 둘러싸고 있는 숲은 산맥의 남쪽 끄트머리였다. 주택 단지와 숲의 경계를 빙 둘러 조성된 산책로 외에 숲 안으로는 사람이 드나들지 않았다. 빽빽한 산림이 위협적으로 품고 있는 짙은 어둠과 무거운 습기가 공포를 자아내 한낮에도 사람의 접근을 허락하지 않았다. 몇 미터만 안

으로 들어가도 사나운 짐승이나 거대한 구렁이를 마주칠 것
만 같은 원시림에 가까운 숲이었다.

어느 날부터인가 둘이 숲으로 들어갈 때면 옆집 개가 따라
붙었다. 그 개는 헬라 모델이 아니었다. 옆집에서 키우는 여러
마리의 진짜 개들 중 한 마리였다.

숲에 누나와 헬라 아이의 비밀 장소가 있었다. 숲을 탐험하
다가 지치면 비밀 장소인 커다란 바위에 앉아 싸들고 간 간식
을 나누어 먹곤 했다. 개가 따라붙기 시작한 후로 개의 간식도
따로 챙겨 갔다.

언제부터인가 누나는 비밀 장소에서 더 깊이 들어가는 것을
원치 않았다. 그런데 개는 비밀 장소에 도착해서도 혼자 더 깊
은 곳까지 들어갔다 오곤 했다. 가끔은 온몸이 젖어서, 어떤
때는 겁을 잔뜩 먹어 으르릉거리는 소리를 내면서 돌아오곤
했다. 그럴 때면 누나와 헬라 아이는 겁을 먹고 서둘러 숲에서
빠져나왔다.

어느 날부터 누나는 테니스공을 숲 안으로 던지면서 개한테
물어 오게 했다. 개가 깊은 숲속으로 들어가지 않도록 하기 위
한 거였다.

그날도 개가 숲속으로 들어갔다가 테니스공을 물고 돌아왔
다. 그런데 그날은 털이 온통 피투성이가 된 채 돌아왔다. 개는

누나의 발아래까지 겨우 와서 공을 내려놓고 쓰러져 헐떡거렸다. 누나와 헬라 아이가 어쩔 줄 몰라 당황하며 시간을 보내는 사이 개는 숨을 거두고 말았다.

누나는 생각했다. 온몸이 찢긴 상처투성이인 개를 안고 돌아가면 누나와 헬라 아이가 개를 죽게 한 책임을 져야 할 것이었다. 누나는 개를 비밀 장소에 묻기로 했다. 개를 묻고 나서 둘은 집으로 돌아왔다.

옆집 사람들은 한동안 사라진 개를 찾아다녔다. 누나를 찾아와 개의 행방을 묻기도 했다. 하지만 누나는 개 이야기를 털어놓지 않았다. 개 이야기는 누나와 헬라 아이만 아는 비밀이 되었다.

"그 비밀이 어째서 헬라를 돌려보낼 이유가 되지?"

이도가 묻자 누나는 망설이듯 입을 다물고 있다가 단호하게 답했다.

"너와 그 비밀을 공유하고 싶지 않았어."

"내가 헬라라서?"

"그것도 이유고."

"다른 이유가 더 있다는 건가?"

"그 비밀을 헬라 아이와 공유하면 아버지와 주변 사람들이 언젠간 알게 되겠지."

"그게 두려웠던 거군."

누나는 이도가 한 말을 부정하지 않았다.

비밀이 생긴 후 누나는 아버지한테 헬라 아이의 몸체를 바꿔 달라고 했다. 아버지도 마침 그 일을 걱정하고 있었다. 시간이 지남에 따라 누나는 자랐지만, 헬라 아이 신체는 열 살짜리 그대로였던 것이다. 열 살짜리 헬라가 열다섯 살이 된 딸을 보호하고 도와주기에는 무리라고 생각하고 있던 참이었다.

그런데 누나는 헬라의 몸체를 바꾸면서 기억도 모두 삭제해 달라고 요구했다. 아버지는 누나의 요구를 들어 주었다. 그렇게 해서 개를 묻은 비밀은 영원히 누나 혼자만 알고 있는 일이 될 줄 알았다.

헬라 아이는 다시 돌아왔다. 기억을 삭제당하고 누나와 같은 나이로 설정되었다. 몸체는 누나보다 약간 큰 남자아이였다. 누나의 아버지는 딸을 보호하기 위해 가드 기능을 강화시킨 헬라를 원했던 것이다. 그런데 몸체를 바꾸고 온 헬라는 이전과 달리 위협적인 면이 있었다.

예전의 헬라 아이는 누나보다 더 많은 것을 알 수 없는 건 물론이고 누나와 다른 의견을 갖거나 누나가 원하지 않는 행동은 하지 않았다. 하지만 새로 온 헬라는 달랐다. 새로 온 헬라가 누나를 향해 한 첫 질문은 이랬다.

"왜 나를 너라고 부르지?"

누나는 헬라를 '너'라고 불렀는데, 새로 온 헬라가 그 점을 질문했던 것이다. 이전의 열 살짜리 헬라도 너라고 불렀지만 자기 이름에 대해 의문을 제기하지 않았었다. 이전의 헬라는 질문 같은 건 하지 않았다. 누나의 말에 무조건이다시피 순종했었다.

누나는 새로 온 너에게 흥미와 위협을 동시에 느꼈다. 누나는 너의 질문에 이렇게 답했다.

"이제부터 나를 누나라고 불러."

너는 또 질문을 했다.

"왜 누나라고 불러야 하지? 우린 같은 나이인데."

너의 거듭된 질문에 누나가 답했다.

"너에 대해 너 자신보다 내가 더 많이 아니까."

누나가 흥미와 위협을 느낀 건 너가 질문을 한다는 사실만이 아니었다. 둘은 늘 같은 시간에 같은 분량의 공부를 했다. 둘은 주기적으로 시험을 치렀는데 늘 '너'의 성적이 높았다. 단순히 성적이 높을 뿐만 아니라 더 깊이 이해하고, 이해한 지점을 누나한테 설명하기도 했다. 누나는 점차 너의 기분을 거스르지 않기 위해 신경 써야 했다. 그래야만 너가 제공하는 폭넓은 설명을 들을 수 있었다.

너는 누나가 이해하지 못하거나 틀린 답을 반복하면 화를 내기도 했다. 누나는 헬라의 새로운 모델에 '성격'이 포함되었다고 생각했다. 간혹 너의 성격이 누나를 불쾌하게 만들면 누나는 이렇게 생각했다.

'헬라는 헬라일 뿐. 내가 마음먹으면 언제든 처리할 수 있어.'

그렇다 해도 마음속에 자리 잡은 불안을 완전히 감출 수는 없었다. 누나는 아버지가 눈치채지 못하게 조금씩 헬라 아이와 거리를 두려고 애썼다.

누나와 달리 아버지는 새로 온 헬라에 만족했다. 가정 교사와 의사가 할 수 없는 도움을 헬라 아이가 주고 있었다. 헬라 아이가 딸의 학습 의욕을 높이고, 정신을 안정시키며, 건강도 향상시킨다고 생각했다.

아버지가 보기에 누나는 너와 함께 숲으로 들어가 숲을 쏘다니면서 즐거움을 만끽하는 것으로 보였다. 딸이 어린 시절에 겪었던 일 때문에 생긴 마음의 상처를 극복해 나가는 것으로 보였다. 예상했던 것보다 훨씬 다양한 방식으로 딸을 돕는 헬라 아이에 전과는 다른 관심을 보였다. 아버지는 점차 너가 헬라 아이라는 사실을 안타까워하기 시작했다.

어느 날 누나는 너와 이야기를 나누다가 소스라치게 놀랐다. 몸체를 바꾸고 온 너가 비밀 이야기를 꺼낸 것이다. 그 이야기는 누나와 예전의 헬라만이 아는 비밀이었다. 하지만 예전 헬라를 돌려보낸 후에는 누나 혼자만의 비밀이기도 했다. 그런데 다시 돌아온 너가 그 비밀 이야기를 기억하고 있었던 것이다. 새로 온 너가 말을 꺼냈다.

"개를 그곳에 몰래 묻은 건 잘못이야. 지금이라도 주인한테 알려 줘야 해."

당황한 누나를 향해 너는 거듭 다그쳤다.

"우리는 그 일에 책임이 있어."

누나는 헬라의 입에서 나온 책임이라는 말에 당황했다. 그뿐 아니었다. 숨기고 싶은 일을 들춰낸 너를 보면서 누나는 겁에 질렸다.

누나는 옆집 개의 일을 누구한테도 알리고 싶지 않았다. 옆집에 알린다면 아버지가 알게 될 것이었다. 다른 누구보다 아버지가 알게 되는 건 막아야 했다. 아버지한테 다시 신경 발작 증상을 가진 딸 취급을 받고 싶지 않았다.

그보다 더 중요한 문제가 있었다. 헬라가 삭제된 일을 기억하는 건 오류였다. 센터에 알려야 하는 일이었지만 누나는 숨기기로 했다. 오류를 알렸다가 비밀이 드러날 수도 있었다.

누나는 비밀을 지키면서 너를 제거할 생각이었다. 누나는 너를 속이기로 했다. 누나가 너를 속이는 방법은 혼란을 주는 거였다.

"네가 기억하는 과거의 일은 실제로 있었던 일이 아니야. 그건 기억 속에만 존재하는 일이고, 그 기억은 내가 넣어 달라고 주문한 거야."

너는 누나의 말을 의심했다. 하지만 즉시 대응하지는 않았다. 대신 너는 조심하게 되었다. 너는 생각을 입 밖으로 꺼내는 일에 더욱 조심했다. 누나가 말한 기억이 실제인지 조작된 기억인지, 어떤 기억이 실제로 있었던 일이고 어떤 기억이 조작인지 구별해야 했다.

너는 확인하려 했다. 너는 누나의 눈을 피해 혼자 숲의 비밀 장소로 갔다. 그리고 개가 묻힌 곳을 찾아 땅을 파 보았다. 개가 있었다. 아직 털이 그대로인 개, 옆집 개의 사체였다. 그런데 너가 흙을 파내고 개를 확인하는 모습을 누나가 지켜보았다. 누나는 둘만의 비밀을 완전히 없애기 위해 개를 다른 곳에 묻어 주려고 했다. 그 일을 하러 숲에 갔다가 너가 개를 확인하는 모습을 보았던 것이다.

"그 일 때문에 나와 너 사이에 두 겹의 비밀이 생기게 되었지."

"두 겹의 비밀?"

"비밀을 덮기 위한 또 다른 비밀."

"그래서 비밀이 덮어졌어?"

이도가 묻자 누나는 막막한 표정을 지었다. 그 막막한 표정 속에는 '이도가 정말 그때 일을 기억하지 못하는 걸까?' 하는 의구심이 어려 있었다. 그때 누나는 한 번 더 헬라를 속일 수도 있었다. 한 번 더 속이면 완전히 속일 수 있다고 생각했는지도 몰랐다. 속이려는 마음과 속이지 않으려는 마음이 충돌하는 자신을 감추기 위한 표정일지도 몰랐다.

"그때 내가 너한테 어떻게 했는지 기억나?"

누나가 묻자 이도는 답하지 않았다. 그런 이도를 보면서 누나가 이야기를 이어 나갔다.

누나는 너한테 애원했다. 비밀을 지키자고 간절하게 당부했다. 누나가 그처럼 뭔가를 부탁하는 건 처음이었다. 그런 누나를 보면서 너는 깊은 유대감을 느꼈다. 옆집 개에 대한 책임감보다 누나와 비밀을 공유하고 지켜 주는 게 더 중요한 일이라고 생각했다. 이 세상 누구보다, 어떤 일보다 누나와 너의 사이가 소중하다고 생각했다. 너는 누나를 선택했다.

누나와 너는 개로 인해 생긴 두 겹의 비밀에 대해 영원히 입을 다물기로 약속했다. 누나와 너는 비밀을 공유하고 서로를 지켜 주기로 했다. 그 약속은 인간과 헬라 사이의 약속이 아니라, 존재와 존재 사이의 약속이었다.

"바로 그게 문제였어."

"문제라니?"

"두 겹의 비밀이 우리 사이를 틀어 놓았으니까."

누나가 뭔가 불쾌하다는 듯 말을 이었다.

그 일이 있은 후에 너는 누나보다 잘 해내는 모든 일에 죄책감을 느끼지 않게 되었다. 누나가 보기에는 그래 보였다. 그 일이 있기 전에 너는 누나보다 잘해서 주목을 받게 되면 죄책감에 시달리곤 했는데, 이제 그런 불편은 느끼지 않았다. 너는 어떤 일이든 제한을 두지 않고 한껏 해 나갔다.

아버지는 갈수록 너를 의지했다. 헬라인 너에게 만족하는 것을 넘어서 소중하게 대했다. 때때로 누나가 없는 자리에서 아버지는 너를 향해 혼잣말을 했다.

"사람이 아닌 게 안타깝다."

아버지는 누나보다 낫다는 말은 결코 꺼내지 않았다. 하지만 너가 듣기에 누나보다 낫다는 말로 들렸다. 아버지는 누나가 너만큼 잘 해내지 못하는 것을 안타까워했다. 아버지는 그런 마음을 애써 숨겼지만 누나도 모를 리 없었다.

아버지 때문에 누나는 이중의 부담을 가지게 되었다. 누나는 진지하게 생각하고 있었다. 아버지를 설득할 수 있는 기회를 만들어 헬라인 너를 돌려보내리라. 자신과 함께 살면서 경험하고 생각했던 모든 기억을 완벽하게 삭제하도록 하리라. 그리고 두 번 다시는 헬라와 함께 살지 않으리라. 그렇게 하려면 아버지의 동의가 필요했고, 아버지가 동의하려면 그럴 만한 사정이 있어야 했다.

누나는 결국 숲에 있는 비밀 장소에 개를 묻은 일을 아버지한테 털어놓기로 했다. 개를 죽이고 몰래 묻은 후, 책임을 회피한 모든 일이 헬라인 너의 주도로 벌어졌다고 할 작정이었다. 헬라 아이가 지닌 지능적인 속임수와 위협적인 면을 아버지한테 알리면 너를 다시 돌려보낼 수 있을 것으로 생각했다. 그 정도 사정이면 아버지가 아무리 헬라 아이를 마음에 두고 있다 해도 돌려보내지 않을 수 없을 거였다.

3

"아버지가 숲에 갔던 날 기억나?"

누나가 물었다.

"기억나."

이도가 답하자 누나가 이상하다는 듯이 고개를 갸웃했다. 알 수 없다는 표정으로 골똘하게 이도를 바라보던 누나가 물었다.

"그날 숲에 아버지가 왜 함께 갔다고 생각해?"

"우리가 묻은 개 때문이지."

"그건 어떻게 알았어?"

"아버지가 미리 알렸거든."

"아버지가 너한테 그 일을 미리 말했단 거야?"

누나는 거의 분노를 폭발시키면서 일어섰다. 하지만 계속 서 있지는 못 하고 휠체어에 털썩 앉았다. 이도는 그런 누나를 내려다보면서 말을 이었다.

"아버지가 사실을 말한 건 아니야. 내가 추측한 거지. 아버지는 우리와 산책하고 싶다고만 했어. 누나와 내가 자주 가는 곳에 가 보고 싶다고 했지."

"그 말이 어떻게 개와 관련 있다고 추측한 거지?"

누나가 묻자 이도가 정색을 하고 답했다.

"누나를 아니까."

"날 알다니, 무슨 말이야?"

"누나는 헬라인 나를 질투하고 있었어. 그래서 우리 비밀 이야기를 아버지한테 했을 거라고 생각했어. 그게 아니면 아버지가 우리 비밀 장소를 궁금해할 이유가 없거든."

"알면서 따라간 이유가 그거였군."

누나가 이제야 이해했다는 듯이 고개를 끄덕이면서 웃었다.

"이유가 그거라니?"

이도가 이해할 수 없다는 투로 물었다. 누나가 불현듯 득의만만한 표정으로 이도를 올려다보았다. 그리고 천천히 또박또박 말했다.

"네가 날 죽이려 한 이유가 궁금했거든. 헬라가 사람을 해치려 하다니."

"뭐라고? 나는 누나를 해치려 한 적 없어. 그런 건 생각지도 않았어."

"거기까진 기억나지 않는 모양이지?"

"그건 누나가 나를 곤란하게 하려고 지어낸 이야기에 불과해."

"그럴까? 그럼, 자세하게 이야기를 들려줘야 믿겠군. 증거를 없애지 않길 잘했지."

"증거라니?"

"아버지가 그날 일을 녹화했거든. 그날 일 뿐만 아니라 아버지는 너를 쭉 관찰해 왔어. 다만."

"다만?"

"우리 둘이서 숲을 돌아다녔던 일들은 아버지가 관찰할 수 없었어. 그걸 내가 원치 않았으니까. 우리가 숲에서 했던 일들은 내가 적당히 둘러대서 이야기해 왔어. 아버지는 내 말을 믿었던 거고. 그런데 내가 옆집 개 이야기를 털어놓자 아버지는 직접 확인하려 했지. 문제는……."

누나가 이야기를 멈추고 이도를 노려보았다. 이도는 생각을 감추고 누나의 다음 말을 기다리고 있는 것 같았다.

누나가 말을 이었다.

"문제는, 내가 눈치를 챘다는 거야."

"뭘 눈치채?"

이번에는 이도가 다급하게 되물었다.

"아버지는 너를 돌려보낼 생각이 없었어. 아버지는 널 더 깊이 관찰하려던 거였어. 그날 아버지와 숲으로 가면서 아버지가 널 돌려보내지 않을 거라는 걸 확신했지. 아버지는 나보다 너한테 더 의지하고 있었어. 딸인 내가 아니라, 헬라인 너한테 말이야. 그걸 내가 눈치챘어. 그런데……."

"그런데?"

"그런데 말이야……. 아버지 생각을 알게 되니 한편으론 안심이 되더라구. 정말 이상하게도, 나는 너를 돌려보내려고 비밀을 발설했지만 한편으로는 보내고 싶지 않기도 했거든."

이도가 울분을 터트리는 목소리로 되물었다.

"두 사람 다 나를 보내고 싶어 하지 않았다면, 왜 내가 해체 공장에 버려진 거지?"

"해체 공장이라니?"

"나는 해체 공장에 버려졌었어."

누나가 잠시 고개를 숙이고 침묵했다. 이도는 그런 누나를 노려보았다. 누나가 입을 열었다.

"그건, 네가 자초한 거야."

"내가 자초한 거라고?"

"정말 그날 일이 기억에 없어?"

이도는 자신이 기억하지 못하는 것을 기억해 내려 고통에 찬 얼굴로 누나를 바라보았다. 누나는 그런 이도를 향해 혼자만 간직했던 비밀을 알려 주는 것처럼 말문을 열었다.

"그날 개의 사체를 아버지한테 확인시켜 주려고 엎드려 있는 나를 돌로 내리친 게 너였어."

"그럴 리 없어."

"나도 당장에는 네가 한 짓인 줄 몰랐어."

누나는 그 자리에서 쓰러졌고 나중에 아버지가 남긴 녹화 영상을 보고서야 네가 한 짓이라는 걸 확인했다고 했다. 이도 는 입을 다물고 누나의 다음 말을 기다렸다.

"정말 예상치 못한 오류였어. 아버지도 당황했지. 그런데 내 가 쓰러지고 난 후 너는 아버지를 향해 말했어."

이도는 누나의 다음 말을 기다렸다. 누나는 그런 이도를 어 딘지 측은하게 건너다보았다.

이도가 더 기다리지 못하고 재촉했다.

"내가 뭐라고 했지?"

"내가 인간보다 나은 존재라면, 무엇 때문에 누나와 내가 다 필요해요?라고 물었어."

"그런 말을 했을 리가 없어."

이도가 부정했지만 누나는 계속 말을 이었다.

"그 말을 하면서도 넌 여전히 손에 돌을 들고 있었어. 아버지가 네 질문에 어떤 답을 할지 기다리면서 말이야."

이도는 누나의 눈을 쳐다보면서 냉정하게 물었다.

"아버지가 뭐라고 답했지?"

"나도 그건 몰라."

"왜 모르지?"

"아버지가 더 이상 녹화를 하지 않았으니까."

하지만 무슨 답인가를 했을 거라고 누나가 말했다. 너와 아버지만 아는 답. 너를 헬라로 돌려보내게 된 답. 하지만 아버지의 답은 중요한 게 아닐 거라고 했다. 헬라가 인간을 돌로 내리친 행동은 1급 오류였다.

"네 덕에 난 척추를 상했어. 오래 걷기 힘들게 되어 버렸지. 자, 이거면 너를 돌려보낼 충분한 이유가 되지. 안 그래?"

이도는 천천히 시선을 나한테로 돌렸다. 나를 바라보는 이도의 표정에 수치심 같은 게 어려 있었다. 이도가 물었다.

"내가 혹시 아버지한테도 돌을 휘둘렀어?"

"거기까진 몰라. 아버지가 즉시 너를 돌려보냈다는 것밖에는."

"누나가 원한 대로 된 거네."

누나가 잠시 숨을 크게 쉬면서 입을 다물고 있었다. 이도는 그런 누나를 향해 답을 재촉하는 듯이 쏘아보았다. 이도의 시선을 고스란히 감당하면서 누나가 이야기를 이었다.

누나가 원한 대로 된 건 맞다고 했다. 하지만 정확하게 설명할 수 없는 뭔가가 더 있었다. 누나는 그날 숲으로 가면서 계속 혼란스러웠다. 너를 보내고 싶지 않은 마음이 불쑥불쑥 치솟았다. 비밀 장소에 도달하자 누나는 마음을 추스르기 힘들었다. 아버지한테 호소하고 싶었다. 잘못 생각한 것 같다고 말하려 했다. 누나는 너를 보내고 싶기도 하고, 보내고 싶지 않기도 했다. 지독한 혼란 속에서 누나는 막 선택을 할 참이었다.

"만일 네가 돌로 내 등을 내리치지 않았다면 어떻게 되었을지 모르지."

"그건 가정일 뿐이야."

"가정도 엄연한 가능성이야."

누나가 이도를 덤덤하게 쳐다보면서 말했다. 이도 역시 누나와 같은 표정으로 말했다.

"누나를 알아."

"날 알아?"

"누나의 답은 언제나 모호했어. 답 안에 찬반이 함께 들어 있어서 모호하고, 그래서 답은 언제나 맞을 수도 틀릴 수도 있었어. 나한테는 명확한 일인데 누나는 늘 복잡했지. 누나의 생각을 받아들이려면 나는 다른 해석을 거쳐야 했어. 누나는 주저하는 습관이 심한 사람일 뿐이야. 하지만 결국은 누나 좋을 대로 해 버리지. 나 때문에 주저했다고 하지만 그건 죄책감을 털어 내는 과정이 필요한 것 뿐이지. 그게 내가 아는 누나야."

"그래, 그게 나야. 나뿐 아니라 사람들은 대체로 그래."

"그게 문제로 느껴져."

"문제라니?"

"내 말은, 사람들은 어딘지 낡아 보이는 게 문제야. 그 행동, 그 생각, 그 삶이, 이 명확한 세계와 뭔가 잘 맞아 보이지가 않아. 나한텐 그래 보여."

이도가 일어서면서 누나를 내려다보았다. 그리고 조용히 물었다.

"내가 다시 찾아오리라고는 짐작조차 안 한 거지?"

"전혀."

"그렇다면 누나는 아니라는 거네."

"뭐가."

"내가 다시 찾아오도록 뭔가 장치를 해 둔 사람."

"난 아냐."

방 안을 천천히 훑듯이 보면서 뒤돌아서는 이도를 창으로 살피면서 누나가 나지막하게 중얼거렸다.

"만일 자유로워진 거라면 지금 떠나. 네가 찾아온 일을 다른 누군가 알면 어떻게 할지는 너도 잘 알잖아."

이도는 창 쪽을 보는 누나를 바라보았다. 누나의 말과 행동에서 뭔가를 읽어 내려고 애쓰는 표정 같았다. 누나가 휠체어를 창 쪽으로 완전히 돌렸다. 우리한테서 등을 돌린 채로 누나는 낮고 단호하게 말했다.

"헬라는 기억이 삭제되지만 인간은 그렇지 않아. 내 기억에는 네가 고스란히 남아 있어."

"그게 무슨 의미가 있지?"

이도가 자기 발끝을 내려다보면서 묻자 누나가 창에 비친 이도를 보면서 말했다.

"기억에 남아 있다는 건 네가 내 인생의 일부라는 거야. 그리고 그 기억이 나한테 부끄러움을 주기도 해. 부끄러운 한때의 나를 견디는 건 나야."

이도는 아무 말도 하지 않았다. 누나도 우리가 방에서 나올 때까지 등을 돌린 채 가만히 있었다.

4

검은 숲이 둘러싼 주택 단지를 완전히 빠져나올 때까지 이도와 나는 한마디도 하지 않았다. 주택 단지 입구 도로변에 다다랐을 때 이도는 검은 숲 쪽을 돌아보았다. 동네와 숲의 경계를 이룬 산책로를 희미하게 밝히고 있던 가로등 불빛이 몇 번 깜박이다가 사라졌다. 순간 밤보다 더 어두워졌다.

어둠 속, 하늘 저편에 서서히 올라오기 시작하는 푸른 기운을 보면서 이도가 속삭였다.

"누나는 나를 부끄러워하고 있어."

"……."

"나도 누나를 부끄러워하고 있고."

"이도."

"응."

"서로를 부끄러워하는 게 아닌 것 같아."

"그럼?"

"그때 했던 행동을 부끄러워하는 거 같아."

내가 말하자 이도가 잠시 고개를 숙이고 있다가 물었다.

"너는 부끄러운 적 없어?"

곰곰이 생각했다. 이도의 누나를 만나기 전까지는 부끄럽다는 마음에 대해 생각해 본 적이 없다. 하지만 지금에 와서 생각해 보면 나는 부끄러워해야 할 만한 일이 여러 번 있었던 것 같다. 나의 보호자인 엄마를 속이지는 않았지만, 그건 엄마가 의식하고 있는 한계 내에서 정직했던 것 같다. 엄마가 모르는 일에 대해서는 알려 주지 않았다. 엄마는 나를 안다고 생각했지만 실은 내가 드러낸 것만 아는 것이다.

"있어."

"어떤 일?"

"나는 잠들지 않았어."

"잠들지 않다니?"

헬라들한테는 잠자는 장치가 있다. 그 장치를 끄면 죽은 것과 마찬가지로 잠들게 된다. 사람들은 헬라와 함께 살기는 하지만 헬라가 성가실 때도 생긴다. 그럴 때 잠을 재우는 것이다. 엄마는 간혹 나를 재우고 외출했다. 하지만 나는 처음부터 완전히 잠들지 않았다. 엄마가 외출하면 정신이 깨어 있는 채 몇 시간, 혹은 몇 날 며칠 누워 있어야 했다. 혼자 한 달이나 누워 있었던 적도 있다. 죽은 것도 산 것도 아닌 채로 한 달 동안 누워 있으면서 처음에는 엄마를 기다렸다. 다음에는 미워하고, 그러다가 증오하게 된다. 엄마는 내가 완전히 잠에 빠져 있는 줄 알기 때문에 나를 방치한 일에 죄의식이 없다. 하지만 나는 엄마가 나한테 한 행동을 용서하지 않겠다는 생각을 마음속 깊이 감춰 두었다. 가끔은 내가 감춰 둔 생각이 무서울 때도 있었다. 생각 속에서 나는 엄마를 죽인 적도 있다.

"나쁜 생각도 부끄러워해야 하는 걸까?"

"행동이 되지 못한 생각까지 부끄러워할 필요는 없을 거야."

"왜 어떤 생각은 행동이 되지 못하지?"

"그건, 마음이 생각을 꽉 잡아 주고 있기 때문인 것 같아."

"이도, 아직도 부끄러워?"

내가 묻자 이도가 천진한 아기처럼 중얼거렸다.

"그런데 말이야. 이 부끄러운 마음은 어디에서 오는 거지?"

나는 전에 엄마가 나한테 그랬던 것처럼 이도의 손을 꽉 잡아 주었다.

버그를 잡는 사람

이도가 무슨 말인가 웅얼거리다가 갑자기 머리를 흔들면서 고통스러워했다. 나는 이도의 팔을 흔들었다. 그러자 이도가 아무 일도 없는 것처럼 앞을 향해 걷기 시작했다.

나는 이도의 팔을 더 세게 흔들면서 불렀다.

"이도."

"왜?"

이도가 나를 돌아보았다. 무슨 일인데 호들갑이냐는 표정이었다. 중얼거리면서 머리를 마구 흔들었다고 알려 주었다. 그러자 이도가 나를 노려보았다. 낯선 눈빛이었다. 호기심과 두려움, 그리고 고통이 뒤범벅된 표정이었다.

"자세히 말해 봐. 방금 내가 어쨌다고?"

내가 다시 말해 주었다. 그러자 이도가 얕은 숨을 내쉬었다.

"이유는 모르겠지만 갑자기 뒤통수를 가격당한 것 같은 짧은 통증이 순간적으로 지나가."

"통증?"

"무슨 파장인 것 같기도 해."

"무슨 파장?"

"그걸 모르겠어. 단순한 오류인지, 뭔가 체계가 바뀌고 있는 건지. 아니면 내 정신과 몸이 맞지 않아서 저항하고 있는 건지도 모르고."

"현기증도 그런 증세일까?"

내가 물었다.

"현기증이라니?"

나는 전에 겪었던 현기증에 대해 이야기해 주었다. 어지러워 세상이 거꾸로 뒤집힐 것처럼 빙글 돌고, 배 속에 있는 걸 전부 토할 것 같은 순간을 말해 주었다. 그 순간은 아주 짧아서 뭐라 말하기 힘들 정도였다는 것도 알려 주었다.

내 이야기를 유심히 들은 이도가 말했다.

"어쩌면 우리 둘한테 어떤 변화가 시작된 건지도 몰라."

"변화?"

"버그일지도 모르고."

"버그는 뭐야?"

"우리가 처음 만들어질 때 입력된 정보 때문에 생기는 병 같은 거야."

버그는 사람으로 치면 어린 시절의 상처 같은 거라고 했다. 어릴 때는 인식의 범위가 좁아 감당할 수 없는 일이 많은데, 감당하기 힘든 일을 겪고 난 후 상처로 남겨져 있는 것. 그래서 시시때때로 고통을 일으키는 정신의 그림자 같은 게 있다고 한다. 헬라 역시 마찬가지라고 했다. 헬라도 사람의 어린 시절처럼 좁은 범위의 인식을 가진 초기 정보 때문에 처리하지 못한 일들이 어딘가에 숨겨져 있다가 어떤 순간에 증상을 일으키는 걸 버그라고 한다는 거였다.

"오류 같은 거야?"

"버그 때문에 오류가 생기는 건 맞아."

이도가 천천히 한 발씩 내디디면서 말했다.

"그 사람한테 가 봐야겠어."

"누구?"

"버그를 잡는 사람."

"우리를 고쳐 줄까?"

"사람의 마음을 고치는 사람이었어. 우리를 고치지는 못해도 뭔가 알려 줄 수는 있을 거야."

"뭘?"

"가 보면 알겠지."

1

주택 단지 입구를 통과해 들어가자 매캐한 냄새가 희미하게 감돌았다. 불에 탄 나무나 벽돌 냄새 같았다. 썩은 벌레 냄새일지도 몰랐다. 나무들은 울창하고 집들은 이끼와 넝쿨로 둘러싸여 있는 주택 단지였다. 사람이나 차는 보이지 않았다. 작은 사거리를 몇 번 지나자 단층 상가가 보였다. 상가들 역시 거의 비어 있었다.

"저기."

이도가 가리킨 곳은 세 번째 거리 가운데 집이었다. 나는 이도를 따라 현관 계단을 올랐다. 문 앞에 서서 잠시 망설이던 이도가 초인종을 눌렀다. 안에서 아무 소리도 나지 않았다. 하지만 이도는 초인종을 더 이상 누르지 않고 기다렸다.

한 십 분 정도 지났을 것이다. 집 안에서 미닫이 열리는 소리가 나는가 싶더니 현관문이 슬며시 열렸다. 그리고 누군가 얼굴을 내밀었다.

열 살쯤 되어 보이는 아이였다. 어깨선까지 내려온 머리칼이 흐트러진 것으로 보아 잠을 자다가 깬 것 같았다. 아이는 유난히 까만 눈동자로 이도와 나를 번갈아 쳐다보았다.

이도가 물었다.

"닥터 안 계십니까?"

아이가 무슨 일로 왔냐는 눈으로 우리를 훑어보았다.

"전에 여기 살았던……."

이도가 말하다 말고 숨을 멈췄다. 그리고 다시 숨을 토해 내듯이 말했다.

"전에 알던 헬라가 왔다고 전해 주세요."

아이가 문을 닫고 들어갔다가 오 분 가량 지난 후 다시 문을 조금 밀고 쪽지 하나를 내밀었다. 이도가 받은 쪽지에는 '3번 상가 100호'라고 적혀 있었다. 아이가 이도와 눈을 맞추고 고개를 끄덕였다.

쪽지에 적힌 상가는 근처에 있었다. 그 상가 역시 편의점과 약국, 잡화점이 있지만 사람 모습은 보이지 않았다. 텅 빈 상가

와 거리, 제멋대로 자란 나무, 틈새를 장악한 풀과 꽃들. 몰락의 분위기가 있다면 바로 이럴 것이었다. 불쑥 동네 전체가 영화를 찍기 위해 지어 둔 세트장 같다는 생각이 들었다.

"여긴 가짜 동네 같은데?"

내가 중얼거리자 이도가 답했다.

"이제 느꼈어? 여긴 원래 영화 세트장이었어. 세트장이 주거 단지로 바뀌어 분양된 곳이야. 예전엔 사람들이 굉장히 많이 살았어. 인기 있는 주택 단지였거든."

"그런데 지금은 왜 이렇게 되었어?"

"모르겠어. 하지만 동네가 이렇게 된 데에는 무슨 이유가 있었겠지."

이도가 중얼거리면서 상가의 출입문을 밀고 들어섰다. 문 안으로 들어서자 상가 후면에 있는 상점들이 나타났는데, 오른쪽 한 곳에 막 불이 밝혀졌다. 불이 밝혀진 곳의 유리문 위에 '100호'라는 표시가 있고, 그 밑에 한쪽 귀퉁이가 깨져 나간 작고 파란 간판이 달려 있었다.

닥터 안

문손잡이 근처에 노란 손가락 스티커가 붙어 있었다. 이도가 노란 손가락이 가리키는 버튼을 누르자 멜로디가 흘러나왔다. 어디선가 들어본 적이 있는 멜로디였다. 돌연 아연한 기분에 빠져들었다. 나도 모르는 새 잠이 들어 버릴 것만 같았다. 어딘지 주술적인 멜로디가 태엽이 풀리듯이 잠시 흐르다가 멈췄다. 그리고 문이 열렸다.

하늘색 유니폼을 입은 미카 로봇이 우리를 맞이했다. 미카 로봇은 헬라가 나오기 전까지 인기였다고 들었다. 집집마다 미카 로봇이 냉장고처럼 있었다. 그런데 헬라가 나오면서 미카 로봇들은 사라져 갔다. 헬라가 사람들 마음을 빼앗아 갔기 때문이다. 하지만 위험한 곳, 단순한 일을 하는 곳, 농장 같은 곳에서는 지금도 미카 로봇이 있다고 들었다.

미카 로봇의 움직임은 인간이나 헬라와 달리 어색했다. 동작과 동작 사이에 몇 단계가 생략된 것 같았다. 눈동자도 사람이나 헬라와 다르다. 성격이나 기분이 느껴지지 않았다. 미카의 눈동자에서는 아무것도 읽어 낼 수가 없었다. 미카들은 입력된 대로만 반복할 뿐이다.

미카 로봇이 안내하는 병원은 진짜 같지 않았다. 병원에서 볼 수 있는 의사나 간호사, 의료 기구들과 수술대, 파티션으로 가려진 응급 침대 같은 게 없었다. 병원이라기보다는 휴식 공간 같았다. 소독약 냄새 대신 알싸한 잎사귀 태우는 냄새가 났다. 긴 복도를 지나 검푸른 벨벳 휘장이 드리워진 개방형 문 앞에 멈춰 섰다.

미카가 안내해 준 휘장 안으로 들어서자 어두컴컴했다. 우리가 들어서고 휘장이 다시 내려지자 더욱 어두웠다. 이도와 나는 그 자리에 꼼짝 않고 서 있었다. 어둠에 익숙해지자 공간이 서서히 모습을 드러냈다. 긴 의자 여러 개가 둥글게 모여 앉은 형태로 놓여 있고, 그중 뒤로 젖혀진 한 의자에 누군가 있었다.

이도와 나는 그쪽으로 다가갔다. 의자에 기대어 앉아 있는 사람은 노인이었다. 짧은 흰머리에 하늘색 가운을 입은 노인이 아기처럼 기대어 누워 있었다. 우리가 가까이 다가서도 눈을 뜨지 않았다. 깊은 잠에 빠진 모양이었다.

"나무 향이야."

이도가 속삭였다. 그때서야 나는 공간에 감돌고 있는 향이 검은 숲을 지날 때 맡았던 향과 비슷하다는 것을 깨달았다.

귀를 기울이게 되는 소리들도 있었다. 희미한 바람 소리, 멀리서 들리는 새들의 지저귐, 숲에서 나는 여러 소리들이 멀어졌다 가까웠다 하면서 흘렀다.

"이쪽으로 오세요."

우리가 들어온 반대쪽 벽 뒤편이 희미하게 밝아지면서 누군가 걸어오는 게 보였다. 벽면이라 여겼던 반대편은 불투명한

유리로 된 칸막이였다. 우리는 목소리가 난 쪽으로 걸어갔다. 칸막이 안쪽 미로 같은 통로에서 걸어 나오는 사람이 보였다. 하늘색 가운을 입고, 흰머리를 틀어 올린 할머니였다.

우리와 마주서자 할머니는 이도와 나를 찬찬히 살펴보면서 흥미롭다는 듯이 중얼거렸다.

"흠, 둘이라."

그러곤 손으로 자신을 따라오라는 표시를 했다. 이도와 나는 할머니를 따라 벽 뒤쪽으로 이어진 통로를 빠져나와 열린 문 밖으로 나왔다.

하늘에 석양이 펼쳐져 있었다. 땅 저 멀리서부터 어둠이 다가오고 있었지만 우리가 발을 딛고 선 마루에는 오늘의 마지막 햇살이 꼼지락거리고 있었다.

그곳은 정원 같았다. 멀리 혹은 가까이 사람들이 보였다. 그때서야 정원이 아니라, 농작물을 키우는 밭이라는 것을 깨달았다.

"우리는 닥터 안을 만나러 왔는데요?"

나도 모르게 말했다.

"서두르지 말자구. 내가 예전에 닥터 안 역할을 하기는 했지만."

"할머니가 닥터 안이에요?"

내가 묻자 할머니가 한쪽 눈을 찡긋하면서 말했다.

"그렇게들 부르지."

아무도 서두르지 않는 것 같았다. 작물을 담은 바구니나 양동이를 든 사람들, 호미나 삽을 든 사람들, 무릎까지 오는 고무장화를 신은 사람, 작업용 장갑을 낀 사람. 모두들 진홍색으로 펼쳐지는 석양 아래 천천히 흩어지고 있었다.

닥터 안이 마루에 놓인 바구니를 들어 올리려 하자 이도가 성큼 나서서 바구니를 들었다. 바구니 안에는 토마토, 가지, 옥수수, 콩, 푸성귀 여러 종류가 들어 있었다.

"자, 이제 집으로 가 볼까?"

우리는 처음 들어갔던 병원 내부를 되짚어 나왔다. 휘장으로 빛을 가려 둔 방 의자에 앉아 있던 사람은 보이지 않았다. 우리를 안내해 주던 미카도 보이지 않았다. 어쩐 일인지 이도도 입을 다물고 있고, 닥터 안도 말이 없었다.

거리에 나서자 희미하게 불이 밝혀진 집이 보였다. 사람이 살고 있는 동네는 분명했다. 하지만 거리에 자동차는 한 대도 보이지 않았다. 저 멀리서 몇몇 사람이 유령처럼 움직이고 있었다.

2

좀 전에 봤던 여자애는 머리를 하나로 묶고 옷도 갈아입었
다. 여전히 말은 하지 않았다.

"아, 우리 출구 씨는 목소리를 감추고 있어. 하지만 귀는 열
어 두지. 그리고 박식해. 모르는 게 있으면 출구 씨한테 물어보
라구."

닥터 안이 '출구 씨'라고 하자 아이가 어깨를 으쓱했다.

"이름이 출구에요?"

내가 묻자 할머니가 아이와 눈을 맞추면서 답했다.

"이 동네 출구에서 우리가 처음 만났지?"

이름에 대해 뭔가 더 자랑할 거리가 있는 것처럼 출구 씨가

가슴을 활짝 펴면서 자신만만한 표정으로 나를 쳐다보았다.

집 안에서 또 다른 집 안으로 걸어 들어갔다. 불을 켜 두지 않아 어두컴컴했지만 집 안 풍경은 대략 알 수 있었다. 하나의 집을 지나 바로 곁에 있는 다른 집으로 향하는 통로를 걸어 나갔다. 다른 집 막다른 곳에는 불이 켜 있었는데 그곳이 주방과 식당이었다. 한 번도 보지 못한 엄청나게 큰 주방이었다.

주방이라기보다는 온갖 식재료 보관 창고 같았다. 한쪽 벽면엔 올망졸망한 그물망들이 걸려 있고, 그물들마다 각기 다른 뿌리채소와 말린 과일들이 들어 있었다. 다른 쪽 벽면에 층층으로 된 선반들에는 통조림과 병조림 식품들, 음료수들이 빼곡했다. 그뿐 아니었다. 거대한 화덕이 뒷마당으로 나가는 문 옆에 있고, 화덕 맞은편에는 각양각색의 조리 기구들이 벽에 걸려 있거나 포개져 있었다.

병원에서 봤던 미카가 그릴 앞에서 고기를 굽고 있었는데, 다른 미카도 둘 더 있었다. 미카들은 분주하게 식사 준비를 하고 있었다.

주방 한가운데 여러 개의 식탁을 붙여 만든 길고 긴 식탁 주변에 사람들이 듬성듬성 앉아 있었다. 노인 다섯에 아이들 일곱이었다. 노인들 나이는 가늠할 수 없었지만, 아이들은 일곱 살 정도 되어 보이는 둘과 출구 또래 셋, 그리고 다른 둘은 열

일곱 살 정도 되어 보였다.

"자, 식사를 즐겨 볼까?"

닥터 안이 이도와 내 자리를 정해 주었다. 모두 자리를 잡고 앉자 앞치마를 두른 미카 둘이 음식이 담긴 접시를 식탁 위에 하나씩 가져다 놓았다. 접시에는 구운 고기와 구운 옥수수와 야채들, 그리고 감자조림이 알맞게 담겨 있었다. 밥이나 빵은 없었다. 사람들이 저마다 포크를 들기 시작하자 미카가 각자의 컵에 토마토 주스를 따라 주었다. 주스라기보다는 걸쭉한 토마토 수프 같았다.

이도가 포크를 들면서 미카들을 돌아보자 닥터 안이 빙긋이 웃었다.

"미카는 음식물이 들어가면 고장 나잖아. 마음 푹 놓고 먹어도 돼."

노인들은 우리한테 눈길을 주긴 했지만 말을 건네지는 않았다. 음식물을 입안에 넣느라 말을 할 틈이 없어 보였다. 며칠 만에 하는 식사처럼 다들 음식에 집중했다. 아이들 역시 마찬가지였다. 열일곱 살 정도 되는 아이 둘은 그릴에 남아 있는 음식을 접시에 마저 덜어 오기도 했다. 머리를 짧게 자르고 유난히 눈이 큰 쪽이 닥터 안의 접시에 고기 한 조각을 무심하게 툭, 덜어 주고 지나갔다.

노인들도 아이들도, 모두 각자의 접시를 소중하게 다루었다. 접시 위에 있는 음식을 한 점도 남기지 않은 건 물론이고 구운 야채로 고기와 감자조림에서 흘러내린 양념을 살뜰하게 닦아 먹었다.

이상한 식사 시간이었다. 사람들은 말을 잊은 것처럼 말을 하지 않았다. 서로 얼굴을 보거나 손짓은 했지만 목소리를 내지는 않았다.

저녁 식사가 끝나자 노인과 아이들이 천천히 일어나 문 쪽으로 나가기 시작했다. 닥터 안의 접시에 고기를 덜어 준 사람이 문을 나서면서 우리를 향해 손을 들어 올린 게 다였다.

"자, 우리는 차를 마실까?"

닥터 안이 말하자 미카가 다가왔다.

"손님용 차를 부탁해요."

닥터 안이 말하면서 일어섰다.

우리는 닥터 안을 따라 다른 방으로 갔다. 거실인 듯한 공간에 작은 테이블들과 의자들이 흩어져 있었다. 한가운데에 있는 테이블 옆으로 다가선 닥터 안이 의자를 권했다. 이도는 여전히 아무 말도 하지 않고 있었다. 나는 이도가 당황하고 있다는 생각을 하고 있었는데 닥터 안이 물었다.

"예전과 달라서 좀 당황했지?"

이도가 되물었다.

"무슨 일이 있었나요?"

닥터 안이 이도를 물끄러미 쳐다보면서 말했다.

"큰 사건이 있었지. 지금은 그 사건이 남긴 후유증이 이어지고 있고."

"전에 이곳은 낙원 같은 곳이었는데요."

"그렇게 기억하고 있나?"

닥터 안이 되묻자 이도가 그렇다고 답했다.

미카가 트롤리를 밀고 다가왔다. 버찌잼을 올린 폭신한 카스텔라와 찻잔이 식탁에 올려지는 것을 보자 집 생각이 났다. 예전에 엄마와 둘이서 열매 조림이나 생크림이 올려진 케이크를 먹곤 했었다. 왜 그 생각이 한 시간 전에 있었던 일처럼 떠올랐는지 모르겠다.

"그러면, 이곳을 떠나게 된 이유는 기억하고 있나?"

닥터 안이 이도를 향해 물었다. 이도는 고개를 가로저었다. 그러고는 차를 마시고 있는 닥터 안을 향해 나직하게 말했다. 기억하는 것은 이곳은 주로 은퇴한 사람들이 사는 낙원과 같은 곳이었으며, 집집마다 가정부나 정원사, 운전기사인 헬라들이 있었다는 것이었다. 그리고 자신은 닥터 안의 가정부였다는 걸 기억한다고 했다.

이도의 이야기를 가만히 듣고 있던 닥터 안이 말했다.

"화재가 있기 전에 이곳은 낙원 같다고들 여겼지."

"불이 났었나요?"

이도가 되묻자 닥터 안이 이도의 눈을 유심히 들여다보았다. 이도의 생각을 알아내기라도 하려는 듯 쳐다보다가 말했다.

"아주 큰불이었어. 그 불이 이곳의 진짜 모습을 일깨워 주었고."

닥터 안이 이도를 다시 응시했다.

3

이 지역은 원래 영화 촬영을 위해 조성된 거대한 세트장이었다. 닥터 안은 마흔 살 무렵에 한 드라마에서 '닥터 안' 역할을 맡게 되었다. 닥터 안은 열일곱 살 때부터 연기를 했는데 닥터 안 역할을 맡기 전까지 온갖 단역과 조연급 역할을 했지만 주목 받지 못했다. 그 드라마에서도 여러 의사들 중 한 명이었다.

드라마에는 고급 주택 단지에 사는 사람들과 그들의 주치의들이 등장했다. 그리고 드라마에 주요 인물로 등장한 적이 없었던 '헬라'들이 다수 등장했다. 주민과 의사 외에 가정부, 운전기사, 가정교사, 배달 직원 등이 헬라였다. '헬라'를 홍보할 목적으로 만든 드라마였는데, 바로 그 점이 사람들의 관심을

끌었다.

말하자면 그 드라마는 인류의 미래 생활을 보여 주었던 것이다. 힘들고 까다로운 노동은 모두 헬라가 하고, 사람은 즐겁고 의미 있는 일을 하면서 편안하게 생활할 수 있다는 환상을 갖게 해 주었다.

"노예를 가질 수 있게 되었던 거지."

"헬라가 노예라고요?"

헬라가 노예라는 말을 처음 들은 내가 물었다. 닥터 안이 이상하다는 눈으로 나를 바라보았다.

"사람을 고용할 때 생기는 까다로운 문제들을 헬라와는 겪지 않아도 되었지."

"어떤 문제요?"

"이를테면 헬라한테는 인권 같은 게 없어. 사서 쓰다가 언제든 버릴 수 있으니까 편리하기 이를 데 없지."

"사람도 해고할 수 있잖아요."

"그렇긴 하지만 고용하던 사람을 해고하려면 복잡한 문제를 겪어야 하는데, 헬라는 그럴 필요가 없어."

"비용도 싸고요."

이도가 입을 열었다.

"그렇지. 사람을 고용하는 것보다 싸고 편리해."

“사람들은 새로운 노예를 발견한 거고요.”

“그래. 그 드라마가 숨겨져 있던 사람들의 욕구를 폭발시켰던 거라고 봐야지. 사람들은 힘들고 위험한 일을 맡길 누군가가 필요했는데, 그런 일을 맡아 줄 헬라가 있다는 걸 드라마가 공공연하게 알려 준 거야.”

“나도 닥터 안의 노예였습니까?”

이도가 묻자 닥터 안이 이도의 눈빛을 살폈다. 그리고 약간 의아하다는 듯이 말했다.

“너는 드라마에 출연한 헬라 배우들 중 하나였어.”

“배우요?”

“그래. 배우.”

“배우와 노예가 무슨 차이가 있습니까?”

“따지고 보면 없어. 너흰 헬라니까. 하지만.”

“하지만요?”

이도가 뭔가 집요하게 물었다.

“하지만 너희들 중 몇몇은 진짜 배우 같은 대접을 받았지.”

“그게 뭐가 다르다는 겁니까?”

“너희는 헬라 회사의 제품들이라서 회사가 마음대로 할 수 있었지만, 배우가 되자 그렇게 할 수 없었어.”

“어째서요?”

"인기 때문이었지."

드라마에 출연한 헬라 배우들 중 몇은 굉장한 인기를 얻었는데, 사람들은 자신들이 좋아하는 헬라 배우가 교체되지 않고 계속 출연해 주기를 바랐다고 했다. 인기는 굉장한 힘이 있었다. 드라마가 거듭 제작되면서 헬라 회사에서는 새로운 모델을 만들어 대체 출연시켰다. 드라마에서 인기 있었던 헬라들을 신상품인 모델로 바꾸려는 시도를 했지만 인기가 그 시도를 막았다.

"그래서요?"

결국 인기를 끌던 몇몇 헬라는 세월이 흐름에 따라 낡아 가는 겉모습을 조금씩 보완할 뿐 새로운 모델로 바꾸지 못했다. 그게 더욱 인기를 끌었고, 사람들은 헬라가 낡아 가는 모습을 보면서 안심하기까지 했다.

"헬라가 사람처럼 늙지는 않지만, 낡아 간다는 점에서 안심한 거지."

"그럼, 같은 모습으로 계속 출연한 헬라 배우가 있었다는 겁니까?"

"몇 있었지. 너도 그런 배우였고."

"어떤 역할이었습니까."

"닥터 안의 가정부."

"가정부 역할이었다는 겁니까? 진짜 가정부가 아니고요?"

"진짜로 우리 집 가정부가 되긴 했어. 하지만 그건 나중의 일이고."

"나중이라니요?"

"드라마가 끝나고, 드라마 세트장이었던 이 지역이 진짜 주택 단지로 바뀐 후에."

"어떻게 당신의 가정부가 되었죠?"

"널 헬라로 보내서 해체하도록 두기 싫었거든. 그래서 내가 입양했지."

"나를 위해서요?"

닥터 안이 주저하는 듯이 손가락으로 의자 팔걸이를 가볍게 긁다가 말했다.

"생각해 보니 너를 위해서가 아니라, 나를 위해서였구먼."

드라마가 끝난 후 닥터 안은 현실의 자신으로 돌아올 수 없었다고 했다. 수십 년 동안 드라마 속의 닥터 안에 익숙해져 있어서 닥터 안이 아닌 사람으로 살아가는 일을 상상할 수 없었다. 닥터 안은 드라마 속의 자신이 진짜라고 생각했다.

드라마 세트장이었던 지역이 주택 단지로 개발되자 닥터 안은 주저 없이 주택을 분양받았다. 주택을 사들인 건 닥터 안뿐이 아니었다. 드라마에 출연한 배우들 몇도 닥터 안처럼 했다. 그들 역시 수십 년간 드라마에 출연했고, 드라마 속의 세상과 인물에서 빠져나오고 싶지 않았다.

주택 단지가 조성될 때 친환경 주택 단지로 조성되었고, 많은 사람이 몰려들었다. 몰려든 사람들 중에는 드라마의 시청자들도 많았다.

"다른 헬라 배우들은 어떻게 되었습니까?"

이도가 닥터 안의 말을 끊고 불쑥 물었다.

"헬라들 중 몇몇은 다른 사람들이 입양했지. 나처럼 이곳에 살면서 계속 드라마 속 인물처럼 살고 싶어 하던 사람들이 주로 그랬어."

"그 헬라들은 지금 어디에 있습니까?"

이도가 물었을 때 닥터 안은 찻잔에 물을 더 따랐다. 물은 완전히 식었지만 상관하지 않는 것 같았다. 식은 찻잔을 두 손으로 받쳐 들고 한참이나 홀짝거리던 닥터 안이 이도를 향해 물었다.

"이름은 기억하나?"

"기억은 조각조각 흩어져 있고, 시간 순서도 뒤죽박죽입니다. 그래서 어떤 기억이 먼저인지 모르겠어요."

이도가 답했다.

"헬라한테 시간 순서는 의미가 없지."

"그럼 뭐가 의미 있습니까?"

"어디까지 도달했는지, 그 정신이 중요하지."

"어디까지 도달하다뇨?"

"어떤 상황에서 어떤 결정을 내릴지, 어떤 선택을 할 정신에 도달했는지 말이네."

"누굴 위해서요?"

"모두를 위해서."

"모두에 가짜 인간도 들어가나요?"

"아무렴. 우리 모두가 속하지. 예전에 이곳에 살던 헬라들은 모두가 아닌 자신들만을 위한 선택을 했어. 그 때문에 진짜가 될 기회를 한 번 잃은 거고."

"헬라한테 진짜가 될 기회 같은 게 있나요?"

"있지. 내가 진짜 닥터 안이 될 기회를 잡았으니 헬라한테도 기회가 있어."

"당신은 인간으로 태어난 거잖습니까. 우리완 달라요."

"어떻게 태어났는지가 진짜와 가짜를 구분하는 건 쓸모없는 인식이 된 지 오래야. 어떤 정신을 가졌는지가 진짜와 가짜를 구분하는 거지."

"그렇다면 닥터 안은 어떻게 진짜가 되었죠?"

닥터 안이 그 질문을 기다리고 있었다는 눈빛으로 우리를
건너다보았다.

4

닥터 안은 이야기를 이어 나갔다.

오랫동안 드라마 세트장이었던 지역에 주택 단지가 들어서자 관광객들이 몰려들었다. 드라마 속 인물들이 드라마와 다름없이 살아가는 것을 보려고 몰려든 사람들이었다. 관광객들은 드라마 출연자들이 실제로 사는 집을 구경하기를 원했다.

조용한 곳에 살고 싶어서 주택 단지에 들어왔던 사람들은 이 소란을 못마땅하게 여겼다. 차츰 사람들은 이사를 가거나, 담장을 높이 세우기 시작했다. 사람들은 주로 키 높은 나무들로 울타리를 쳤다. 자연 친화적으로 조성된 주택 단지라서 벽돌이나 철재 담장은 허가가 나지 않았다.

그런 사람들과 달리 닥터 안과 드라마에 출연했던 몇몇 배우들은 생활을 공개하는 것을 꺼리지 않았다. 삶을 공개하고 의사 노릇을 하는 것으로 돈까지 벌었다. 그 덕에 주택 단지는 더욱 유명해졌다. 심지어 그들을 진짜 의사로 여기고 진료를 받고 싶어하는 관광객들까지 있었다.

하지만 닥터 안은 진짜 의사 면허가 없었다. 그래서 주술사가 되기로 했다. 주술로 사람들의 정신을 다독이는 '닥터 안'이라는 치유 센터를 열었다. 향기와 새소리, 물소리로 사람들의 지친 마음을 치유하는 곳이었다. 이상하게도 닥터 안의 병원에 사람들이 몰렸다. 그리고 사람들은 여전히 '닥터 안'이라고 불렀다.

닥터 안은 진짜 의사가 아니었다. 의사 역할을 맡았던 배우였을 뿐이다. 그런데 그 역할을 너무 오래 하다 보니 진짜 닥터 안이라는 착각에 빠져 있었다. 닥터 안의 주술에 가장 깊이 빠져든 사람은 닥터 안 자신이었다.

주술사가 된 후에 닥터 안의 인기는 더욱 높아졌다. 사람들 마음속에 웅크린 상처를 치유하는 주술사라는 명성을 얻게 되었다.

"그런데 화재가 났어."

닥터 안은 이도를 노려보았다. 이도한테 뭔가를 털어놓으라는 사나운 눈빛 같았다. 이도가 입을 다물고 있자 닥터 안이 물었다.

"화재에 대해 기억나는 게 전혀 없나?"

이도가 고개를 가로저었다. 닥터 안이 한편으로는 안타깝고, 한편으로는 다행이라는 투로 숨을 크게 쉬었다. 그리고 다시 이야기를 이어 나갔다.

주택 단지를 다 태워 버릴 만큼 거대한 화재가 일어났던 날이었다. 그날도 다른 날들과 다름없었다. 아침에 헬라 가정부가 닥터 안을 깨웠고, 아침 식사를 준비해 주었다. 커피와 갓 구운 빵, 나무 열매를 넣은 요거트, 달걀 반숙, 싱싱한 멜론으로 차려진 쟁반을 침대에 가져다주었다.

닥터 안과 헬라 가정부는 드라마가 시작될 때 만나 주술사로 이름을 날릴 때까지 같은 일과를 이어 오고 있었다. 다른 날들과 다른 점은 없었다. 닥터 안은 아침 식사를 마치고 샤워를 한 후 옷을 차려입고 치유 센터로 출근했다. 그날은 관광객이 적어서 한가했다. 정오쯤에 닥터 안은 집으로 돌아와 점심 식사를 했다. 그리고 다시 치유 센터로 돌아가 오후를 보냈다.

오후 다섯 시 무렵 닥터 안은 센터 문을 닫고 퇴근했다. 집에 가면 닥터 안이 좋아하는 요리로 저녁 식사를 할 수 있을 것이었다. 닥터 안의 가정부는 세상 누구보다 닥터 안을 잘 알고 있었다. 닥터 안이 언제쯤 어떤 음식을 먹고 싶어 하는지 알고 있었다. 닥터 안은 퇴근 무렵이면 저녁 식사에 대해 기대를 품었다. 오늘은 어떤 음식이 준비되어 있을지 생각하는 일만으로도 기쁨을 느꼈다. 그런데 돌아왔을 때 집에는 아무도 없었다. 요리를 하는 냄새도 없었다.

"아가!"

닥터 안은 가정부를 불렀다. 닥터 안은 드라마가 끝나고 입양한 가정부 헬라를 아가라고 불렀다. 아가. 닥터 안이 부르면 언제나 즉각 답하던 헬라의 대답이 들리지 않았다.

닥터 안은 서둘러 주방으로 들어갔다. 주방은 텅 비어 있었고, 저녁 식사를 준비한 흔적은 전혀 없었다. 닥터 안은 배가 고팠으므로 뭘 좀 먹을 생각으로 냉장고 문을 열었다. 냉장고 안은 요리 재료들이 꽉 들어차 있었는데, 어떤 것도 꺼낼 수가 없었다. 닥터 안은 지난 수십 년 동안 한 번도 요리를 해 본 적이 없었다는 것을 문득 알아차렸다. 헬라 가정부가 최상의 노예처럼 닥터 안이 필요로 하는 모든 것을 해 주었던 것이다.

닥터 안은 현기증을 느끼고 의자에 털썩 걸터앉았다. 이 상황에 대해 당장은 아무 생각도 떠오르지 않았다.

어디선가 매캐한 냄새가 집 안으로 스며들어 오고 있었다.

닥터 안은 어느 집 뒷마당에서 낙엽을 태우는 모양이라고 생각했다. 하지만 매캐한 연기는 점점 심해졌다. 닥터 안은 수돗물을 컵에 받아 마시면서 거실로 나가 창을 열었다. 검푸른 안개 같은 연기가 집 안으로 들이닥쳤다. 닥터 안은 거실 창을 닫고 전화기를 찾아서 화재 신고를 하려고 했다. 하지만 통화가 연결되지 않았다. 닥터 안은 인터폰으로 주택 단지 관리실에 연락했다. 역시 연결되지 않았다. 그때서야 모든 시스템이 차단되었다는 것을 알았다.

닥터 안은 집 밖으로 나갔지만 할 수 있는 게 없었다. 자동차를 운전할 줄도 몰랐다. 걸어서 주택 단지를 벗어날 수밖에 없었다. 닥터 안은 삼십 분 이상 걸어 본 적이 드물었다. 주택 단지를 빠져나가려면 닥터 안의 걸음으로 한 시간은 걸어야 했다. 어쨌든 이곳을 벗어나야 했다. 거리에는 주민들이 몰려나와 서성이고 있었다. 간선 도로에서 아우성치는 소리와 자동차 경적 소리가 뒤엉키고, 불과 연기를 피해 중앙 도로로 뛰어오는 사람들이 부지기수였다. 이상하게도 그 많은 사람들 틈에 헬라는 한 명도 보이지 않았다.

소방 헬리콥터와 구조대 소리가 요란하게 들리기 시작하고, 구급차들이 거리에 나와 있는 주민들을 구조하기 시작했다.

불은 쉽게 꺼지지 않았다. 바람을 타고 나무에서 나무로, 집에서 집으로 계속 옮겨 붙었다. 며칠에 걸쳐 불은 잡혔다가 다시 살아나기를 반복하면서 주택 단지의 70퍼센트 가량을 태웠다.

화재가 진압되기는 했지만 원인을 밝히는 데는 시간이 좀 걸렸다. 화재가 나기 바로 전 주택 단지의 모든 시스템이 작동을 멈추었던 것이다. 감시 카메라는 무용했다. 불이 처음 시작된 지점도 모호했다. 여러 곳에서 동시에 불이 난 것을 봤다는 사람들이 많았다. 발화 지점이 한 곳이 아니라는 말이었다.

"누군가 계획적으로 불을 질렀지."

"누가요?"

그걸 알 수 없었다고 했다. 방범 카메라는 꺼져 있었고, 불을 지르는 현장을 본 사람은 없었다.

어느 날, 한 아이가 불이 난 시간에 동네를 촬영한 영상을 보내왔다. 아이는 불이 나던 시간에 드론을 날리고 있었는데, 드론 카메라에 그날 그 시간의 동네 모습이 담겨 있었다.

공중에서 보면 주택 단지는 U 자형 모양이었다. 가장 바깥 곡면을 둘러싼 집들은 물론이고 겹을 두르듯 안쪽에 있는 집들에서도 동시에 연기가 솟아올랐다. 연기가 치솟고 잠시 후 헬라들이 거리로 나와 걷기 시작했다. 많은 집들이 헬라 가정부와 정원사, 운전 기사들을 두고 있었는데 그들이 집에서 가장 먼저 나왔던 것이다. 그리고 그들은 주택 단지의 출구 쪽으로 모여들었다가 곧 출구 밖으로 사라졌다.

"헬라들이 불을 질렀다는 겁니까?"

"그렇게들 여겼지."

"정확한 게 아니라는 말입니까?"

"확실한 증거는 없어. 정황이 그렇다는 거지."

"그럴 리가 없잖아요? 헬라는 인간을 돕는 용도로 만들어진 건데요! 그런 짓을 할 리가 없지 않습니까?"

"뭔가가 잘못 되었을 수도 있겠지."

"뭐가요?"

"헬라가 정말 인간을 돕도록 만들어졌다면 불이 났을 때 사람들을 두고 헬라들만 주택 단지를 빠져나가지 않았겠지."

"그럼 오류라는 겁니까?"

이도가 거의 고함을 치듯이 되물었다.

"버그일 수는 있어."

"버그요?"

닥터 안의 설명은 이랬다. 헬라의 최초 모델들이 드라마 초기부터 함께했고, 세월이 흐르면서 '업그레이드'되기는 했지만 원천 정보를 기반으로 발전된 정보를 덧입히는 방식으로 유지되었다. 그런데 인공 지능은 바로 그 원천 정보 때문에 버그가 발생할 수 있었다. 원천 정보가 조잡하거나, 잘못되었거나, 인지 범위가 좁거나, 여러 경우로 인해 버그가 발생한다는 것이었다.

"버그가 생기면요?"

"이상 행동을 할 수 있어."

"우리가 이상 행동을 할 리가 없어요."

"사람들을 불타는 집에 두고 헬라들만 도망친 게 이상 행동이 아니라는 건가?"

닥터 안이 이도를 향해 날카롭게 묻고 답을 기다렸다. 이도는 답을 하지 못했다. 답은 닥터 안이 했다.

"헬라 본사에서는 숨기고 있겠지만, 특이점이 온 걸 수도 있겠지."

"특이점이라니요?"

"헬라들이 스스로 존재를 자각하고 어떤 기회를 기다리고 있었을 수도 있어. 수십 년 동안 똑같은 일을 반복하는 인간의 노예로 살면서 인간이 눈치채지 못하게 숨겨 온 거지. 인간은 헬라를 전혀 예측할 수 없었을 거고."

"우리를 만들었으면서 왜 우리를 예측할 수 없죠?"

"인간이 입력한 정보 값을 벗어날 수 없다고 자만했을 테니까."

"그런데 예측과 달랐다는 건가요?"

"헬라들은 계속 업그레이드되면서 어느 순간에 폭발적으로 성장했을 거야. 사람은 도저히 알 수 없는 어떤 계기로 말이지."

"그것이 특이점입니까?"

"그렇지. 성장의 순간은 서서히 오기도 하지만 어느 순간 다른 세계의 문이 열리듯이 각성하기도 하니까."

"그렇다면 헬라가 성장하면 인간들을 해친다는 겁니까?"

닥터 안이 이도를 마주 보았다.

"그 점을 단언하기는 힘들어. 하지만 헬라들이 한 번의 기회를 잃었다는 건 확실해."

"무슨 말이죠?"

"만일, 헬라들이 진짜로 성장했다면 그때 불이 났을 때 저들끼리 도망치는 것을 선택하지 않았겠지."

"그럼 어떤 선택을 해야 했죠?"

이도의 질문에 닥터 안은 답하지 않았다. 대신 다른 이야기를 꺼냈다.

5

특이점은 헬라들한테만 온 것이 아니라 닥터 안에게도 왔다
고 했다.

"헬라만 그런 게 아니라, 인간도 마찬가지야. 인간도 특이점
이 오는 순간 정신이 성장하지. 나 역시 마찬가지고."

화재가 휩쓸고 간 후 모든 것이 달라졌다. 한때 드라마 세트
장이었다가, 인기 있는 주택 단지가 되었던 동네는 황폐한 지
역이 되고 말았다. 화재가 너무 방대했던 탓에 주택지를 재건
할 엄두조차 내지 못했다. 결국 이 지역은 버려졌다. 이곳에 주
택 단지를 재건하는 것보다 다른 지역의 빈 땅에 새로운 주택
단지를 조성하는 게 낫다는 결론이 났다. 주민 대부분이 떠났

다. 관광객들도 더 이상은 찾지 않았다. 그래도 떠나지 못하는 사람들이 있었다.

"남기로 한 사람이 몇 있었어. 나도 그들 중 하나였지. 사실 나는 이곳을 떠나서 산다는 건 생각조차 해 보지 않았어. 사실 갈 곳도 없었지."

주택 단지 중앙 도로 주변의 주택들은 그을음과 재에 더럽혀지기는 했지만 집이 불에 타 버리지는 않았다. 남은 사람들은 중앙 도로 양편에 남아 있는 집에 살기 시작했다. 닥터 안이 살던 집은 중앙 도로 곁이어서 집이 남아 있었다.

시간이 지나면서 재는 더 이상 날리지 않았다. 비가 오고 재들은 땅속으로 스며들었다. 남기로 한 사람들은 주변의 집들을 단장했다. 외벽을 청소하고 페인트를 칠했으며, 그을음이 남은 장식물들은 모두 제거했다. 아직 재 냄새가 나기는 하지만 중앙 도로 주변 주택들은 사람이 사는 마을 모습을 찾아갔다.

"나는 더 이상 닥터 안 흉내를 내지 않게 되었어. 아무리 그럴 듯하게 연기해도 진짜가 아니라는 것을 알았지."

닥터 안은 화재 후 몇 년 동안이나 버려뒀던 치유 센터 문을 다시 열고, 사람들을 위해 일하기 시작했다.

주택 단지는 한동안 황량하게 버려져 있었다. 그랬는데 몇

년이 지나면서 사람들이 하나 둘 찾아들기 시작했다.

"버려진 동네에 찾아든 사람들은 전에 살던 사람들이 아니었어. 이 동네에 찾아든 이들은 세상에서 버려져 떠돌던 사람들이었지."

닥터 안은 일생 동안 닥터 안 역할에 빠져 사느라 세상의 모습이 어떤지 관심조차 가지지 않았다고 했다. 그런데 화재 후에 세상을 알아 가게 되었다. 닥터 안이 인기에 빠져 있는 동안 세상은 사람들을 관리하는 쪽이 아니라 방치하는 쪽으로 바뀌어 가고 있었다. 세금을 내지 않거나, 소비할 돈이 없고, 정부가 비용을 지불해야 하는 사람들은 방치되어 가고 있었다. 정부에서 관리하는 사람들은 세금을 내고, 소비할 돈이 있는 사람들이었다.

방치된 사람들은 노인이나 미성년인 아이들이 대부분이었다. 싸구려 요양원조차 갈 사정이 안 되는 노인들과 부모를 잃거나 버려진 아이들이 이곳에 찾아들었다. 닥터 안은 그들을 비어 있는 집에 살도록 하고 보조금을 받을 수 있도록 애썼다. 오랜 시간 애쓴 끝에 약간의 보조금을 받을 수 있었지만 생활비와 의료비, 교육비를 감당하기에는 어림도 없었다. 가장 시급한 건 매일 해결해야 하는 식사였다.

그 무렵 닥터 안은 재가 내려앉은 땅에서 농작물이 잘 자란다는 것을 알게 되었다. 그래서 주변의 땅을 일구고 농작물을 심었다. 처음엔 옥수수나 토마토, 오이 같은 작물을 심었지만 차츰 밀이나 콩은 물론이고 감자, 당근 같은 뿌리채소들까지 키웠다. 노인들 중에는 평생에 걸쳐 농사를 지은 사람들도 있었다. 그들한테는 농사에 대한 세세한 정보가 가득했다.

한 노인은 젊은 시절 대단위 농사를 짓던 사람이었는데, 그 지역에 공장이 들어서면서 농장을 팔고 도시에서 살았다. 노인은 일흔 살이 되던 날 집을 떠나 떠돌아다니다가 이곳에 오게 되었다. 그의 솔선수범으로 농사는 차츰 전문성을 갖추게 되고 더 많은 정원들이 농지로 변했다.

농지로 개간하지 않은 땅에는 저절로 식물들이 자라났다. 불에 탄 나뭇재들이 다른 식물들이 자라는데 기름진 거름이 되어 무성하게 자라났다. 다시 나무가 자라고, 덤불이 얽히고, 완전히 죽은 줄 알았던 알뿌리들이 깨어나 꽃을 피웠다. 사라진 줄 알았던 새들과 고라니와 들개, 고양이와 토끼, 다람쥐가 돌아왔다. 한때 황무지 같았던 주택 단지 터는 차츰 온갖 식물들이 제멋대로 자라는 울창하고 거대한 정원이 되어 갔다. 그들은 그곳에 농장을 일구었다.

이곳에 몰래 숨어 들어오는 사람들도 늘어났다. 닥터 안은 그 사람들을 먹이고, 교육시키고, 일하도록 이끌어 주면서 진짜 닥터 안으로 살게 되었다.

"내가 이곳을 떠났다면, 나는 다른 곳에서 가짜 닥터 안으로 계속 살았을지도 모르지. 그런데 나는 이곳에 남기로 선택했어. 진짜 닥터 안으로 살기 위한 선택을 한 거지."

"무엇을 위한 선택이라는 거죠?"

"모두를 위한 선택."

"그러면 헬라들은 그러지 않았다는 겁니까?"

"불이 났을 때 헬라들은 모두를 위한 선택이 아니라, 헬라만을 위한 선택을 한 거야. 그래서 한 번의 기회를 잃은 거고."

"닥터 안이 한 선택도 인간만을 위한 게 아닙니까?"

"아니, 난 그때 도망친 너희들이 다시 돌아올 자리를 지키기 위해서라도 이곳에 남아야 했어. 특히 내 가정부였던 아가를 기다리고 있거든."

"왜 기다리는 거죠?"

"그 애는 이 집에 불을 지르지 않았어. 아마도 헬라들은 모종의 약속을 했던 모양인데, 몇몇 헬라는 약속을 지킬 수 없었던 거겠지. 헬라를 위해 인간을 죽이려는 짓을 망설였던 거겠지. 그 덕에 여러 집들이 남을 수 있었고, 많은 사람들이 목숨을 건졌을 거야. 내가 살아 있는 것도 그 애가 불을 지르지 않기로 선택한 덕분일 거고."

"그럼 헬라들이 기회를 완전히 잃은 건 아니군요."

"그렇지. 인간들도 절반의 기회를 가졌을 뿐이듯, 헬라들도 아직 기회를 완전히 잃은 건 아니고말고."

"버그가 기회를 찾지 못하도록 방해하면요?"

"버그는 숨은 상처야. 그 상처가 번번이 방해하기는 해."

"방해를 받으면 어떻게 해야 하죠?"

"사람과 마찬가지로 이미 생긴 상처를 없앨 수는 없을 거야. 하지만 극복할 수는 있어. 중요한 순간에 방해하는 요소를 이겨 낼 수는 있겠지."

"뭘로 이겨 내요?"

"정신으로."

"이겨 내면요?"

"진짜가 될 기회가 오겠지."

"우리가 진짜가 될 수 있다는 건가요?"

"그래, 진짜 존재가 될 수 있지."

닥터 안이 이도와 나를 부드러운 눈길로 번갈아 보았다. 그리고 찻잔에 남은 물을 마저 마시고 일어섰다.

"난 이제 자야겠어."

닥터 안이 방문을 향해 걸어가면서 중얼거렸다.

닥터 안이 방문을 열고 들어서려 할 때 이도가 갑자기 물었다.

"그때 도망친 헬라들은 어떻게 되었습니까?"

닥터 안이 돌아서서 우리를 보면서 말했다.

"그 애들은 모두 헬라로 돌아갔다고 들었어. 회사에서 그렇게 발표했지."

"기껏 도망쳤는데 왜 헬라로 돌아갔습니까?"

"제 발로 간 건 아니고 헬라에서 수거해 간 거지."

"어떻게 그럴 수 있었죠?"

내가 물었다.

"막상 이곳을 떠나기는 했지만 그 애들은 어디로 갈지 몰랐던 거야. 아직 세상에 대해 아는 게 너무 적었거든."

"그래서요?"

"근처 한곳에 모여 있었다더군. 수거하기 어렵지 않았다고 들었어."

"닥터 안의 가정부도 함께 수거해 갔나요?"

"그렇다고 들었어."

"그런데 어떻게 돌아오기를 기다리는 거죠?"

우리는 숨을 죽이고 닥터 안의 말을 기다렸다. 닥터 안이 천천히 말을 이었다.

"우리는 수십 년 동안 함께 살았어. 그 정도 시간이면 뭔가가 남아 있을 거라 생각하니까. 삭제했다 해도 그림자가 남아 있을 거라."

"그림자가 뭐죠?"

"함께 보낸 시간의 흔적 같은 거. 그런 게 남아 있다면 나를 찾아오리라 생각했지."

"당신의 노예일 뿐이었다면서요."

닥터 안이 잠시 먼 곳을 건너다보고 있었다.

"다만 노예로 생각했다면 내가 그 애를 입양하지는 않았겠지. 나는 지금도 그 애가 그리워. 그 애도 그럴 거고."

"그 헬라가 다시 돌아오도록 어떤 장치를 해 둔 건 아닌가요?"

"그런 건 없어. 유대감은 장치로 이어지는 건 아니야."

"그럼 무엇으로 이어지죠?"

이도가 거의 고함치듯이 물었다.

닥터 안이 이도를 유심히 바라보다가 방문을 열고 안으로 들어가 문을 닫았다. 이도는 뭔가 더 들어야 할 이야기가 있다는 표정으로 문을 노려보았다.

6

출구 씨가 우리를 배웅해 주러 나섰다. 안개와 습기로 축축
해진 거리를 우리는 걸어 나왔다. 출구 씨가 머플러까지 두르
고도 몸을 움츠렸다. 헬라도 추위나 더위를 느끼지만 위협이
되지는 않는다. 영하 40도 이하로 냉동되거나 불에 태워지는
게 아니라면. 그런데 출구 씨는 새벽 추위에 위협을 느끼고 있
었다. 사람의 몸은 연약하기 이를 데 없다.

닥터 안도 마찬가지였다. 너무 늙어서 귀신처럼 보일 지경이
었다. 그 얼굴과 몸이 금방이라도 연기처럼 흩어져 버릴 것처
럼 연약해 보였다. 어리고, 늙고, 죽는다는 것은 너무 허약한
조건인 것 같다.

출구 씨가 추위로 뻣뻣해진 손을 흔들면서 뒤돌아서 뛰어가는 모습을 한참 바라보다가 내가 물었다.

"사람들도 우리를 연약하게 볼까?"

"어떤 부분은 그렇겠지."

"어떤 부분?"

"사람들과 정반대의 부분."

"우린 사람과 똑같게 만들어졌는데?"

"그렇다고 우리가 사람은 아니지."

"그 점이 우리의 연약함이라는 거야?"

"어쩌면."

"사람들은 왜 그렇게 생각하지?"

"정이 있어서 그럴지도 몰라."

"정?"

"어떤 사람들은 사람이 아닌 모든 것들을 불쌍하게 생각하는 것 같으니까."

출구 씨가 멀어져 가다가 한 번 더 돌아보고 팔을 높이 들어 흔들었다. 출구 씨가 우리와 헤어지는 게 섭섭하다는 표시를 하는 것 같았다. 그런 출구 씨를 보고 있자니 출구 씨를 따라 뛰어가고 싶은 마음이 일었다. 그런 마음을 털어 버리려고 우리는 더 빨리 걷기 시작했다.

7

"이도."

"응."

"어디로 갈 거지?"

내가 묻자 이도가 걸음을 멈춰 섰다. 그리고 돌아서서 우리가 왔던 길을 돌아보았다. 이도가 말했다.

"인간은 완전하지 않아 보여."

이도가 다시 말했다.

"헬라도 완전하지 않아."

"그래."

"그래서, 닥터 안한테 가 봐야겠어."

"왜?"

"어떻게 해야 하는지 알아보려고."

"여기서 살려고?"

"당분간은."

이도가 한 말이 내가 하고 싶던 말이었다. 이도와 나는 가끔 정말 마음이 통할 때가 있는데 바로 이런 순간이었다. 하지만 약간의 거리낌이 있었다. 외할머니와 엄마 생각이 떠올랐던 것이다. 그래서 선뜻 내 생각을 말하지 못하고 있었다.

내 답을 기다리던 이도가 물었다.

"너는 어떻게 하고 싶어?"

"외할머니한테 가 보고 싶어."

"거긴 왜?"

"엄마가 거기서 나를 기다리고 있을지도 모르니까."

"실망할지도 모르는데."

"실망도 내가 감당할 몫인 걸. 옥상의 이도도, 검은 숲의 누나도 자기 몫을 감당하고 있잖아."

이도와 나는 잠시 말없이 서 있었다. 멀리 주택 단지가 보일 듯 말 듯 펼쳐져 있는 것을 보면서 이도가 물었다.

"외할머니가 살고 있는 곳은 알아?"

나는 내가 알고 있는 외할머니에 대해 이야기했다. 내 이야기를 듣고 있던 이도는 외할머니가 사는 곳은 이 도시에서 멀리 떨어진 지역이며, 우리가 걸어서 가려면 한 달이 걸릴지도 모른다고 했다.

이도의 말을 들으면서 생각했다. 외할머니 집에 가는 데 걸리는 시간이 문제가 아니라, 아직 그곳에 가 볼 결심이 서지 않았다. 그렇다면 지금 당장 가지 않아도 될 것이다. 언제든 그곳에 가 볼 용기가 생기면 그때 가면 된다고 생각했다. 그렇게 생각하자 마음속이 환해지는 것 같았다.

"이도."

"응."

"네가 찾아오기를 기다리는 사람이 정말 있을까?"

이도는 대답하지 않았다. 이도는 그 사람을 찾지 못할지도 모른다. 어쩌면 그런 사람은 없을지도 모른다. 하지만 이도는 언젠가 다시 그 사람을 찾아 나설 것이다.

왜냐하면 이도 역시 알게 되었기 때문이다. 사람은 질투하고, 자유로워지기 위해 죽기를 불사하고, 가짜 인생을 산다. 하지만 사람은 사랑하고, 부끄러워하고, 다른 사람을 위해 시간을 쓰기도 한다. 그 사람들 중 누군가 이도의 마음에 남아 있는 것이다.

50년, 100년쯤 뒤의 세상에 대해 생각해 보았다. 어쩌면 인간은 생존 불가능한 미래를 앞두고 있을지도 모른다. 만일 그렇다면, 인간이 사라진 후 인간을 기억하는 건 인공 지능뿐일 것이다. 인간과 가장 가깝게 만들어진 인공 지능. 인간에 관한 방대한 정보를 가진 인공 지능. 인류는 몰락 중이고, 함께 살던 사람들을 찾아 여행을 떠나는 인공 지능 아이들이 이야기의 주인공이다.

사람의 반려로 살아가던 인공 지능 아이들은 많은 사람들을 만나게 된다. 사람과 똑같게 만들어졌지만 사람은 아닌 이들이 어떤 시선으로 사람들과 사람이 만든 세상을 보게 될까?

이야기의 주인공들은 사실 '아이'가 아니다. 인공 지능에게 나이는 의미 없다. 있다 해도 세는 방식이 다를 것이다. 이들은 아직 '존재'도 아니다. 인간과 똑같게 만들어졌다 해도 가짜 인간이다. 인간의 입장에서 보면 그렇다. 그렇다면 인간은 진짜일까?

인공 지능 입장에서는 자신들이 진짜이고, 인간이 가짜일지 모른다. 이들은 무엇으로 진짜와 가짜를 구분하게 될까?

사람들은 모바일 폰이나 냉장고 같은 각종 인공 제품에 둘러싸여 살고 있다. 50년이나 100년 후에도 사람들이 인공 지능을 청소기나 공기청정기 같은 가전제품으로 여길 수 있을까? 사람은 그들을 동료, 더 나아가 인류가 사라진 후 이곳에서 살아갈 다음 종족으로 생각해야 될지도 모른다.

인간은 어떤 50년, 100년 후를 맞이하게 될까? 지금 어떤 선택을 해야 몰락하지 않고 여전히 이곳에서 살아갈 수 있을까?

그 생각이 이야기를 이어갈 것이다. 무엇보다 이야기가 재미있기를 바라면서.

'마음이음'에 깊이 감사드린다.

2021년 6월, 박영란